小说家的散文

赵大河 著

你可以飞翔

河南文艺出版社

·郑州·

**作者简介**

　　赵大河，北京大学中文系毕业。出版有中短篇小说集《隐蔽手记》《北风呼啸的下午》《六月来临》《撒谎的女人》，长篇小说《我的野兽我的国》《侏儒与国王》《燃烧的城堡》等多部。话剧作品有"开心麻花"系列《想吃麻花现给你拧》等多部。影视作品有《四妹子》《湖光山色》《乐活家庭》等多部。曾获全国"五个一工"程奖、杜甫文学奖、"曹禺杯"戏剧奖、《中国作家》短篇小说奖、河南省优秀文艺成果奖、《莽原》文学奖、金盾文学奖等。2021年入选中原文化名家。

# 目录

第二辑　父与子

第三辑　归去来

第一辑　踏莎行

# 温情的靴子

从前,有个老制靴匠卖给年轻的探险家一双皮靴,后来他每年都在一个固定的日子里收到一双皮靴的价钱,完全和他当初卖这双皮靴的价钱一样,既不多,也不少;同时,还会收到一封感谢信。信的内容大同小异:由衷地感谢,并寄上一双皮靴的价钱——6克朗。这听起来像是一个神话故事中的情节,可此事千真万确。1991年瑞典作家拉瑟伯格就从拍卖会上买到6封这样的"感谢信",当然,这并非"感谢信"的全部。收信人是老制靴匠斯特林斯特罗姆,信是谁寄给他的呢? 是从他那儿买过一双皮靴的年轻探险家斯文·赫定。正如你所猜到的,这中间有故事,而且是一个关于生命的感人故事。毋庸置疑,与皮靴有关。

这个故事发生在中国西部,时间则要上溯到1895年。那年春天,一个刚过30岁生日的瑞典小伙子来到中国最大的沙漠塔克拉玛干沙漠边缘,计划穿越这片辽阔的地域。这个充满雄心、永不服输的小伙子就是斯文·赫定,别看他只有 30 岁,却已有 10 年的探险史了,并且刚经历过一次失恋的打击。4 月 10 日,赫定领着探险队离开麦盖提村进入沙漠。这是一支装备精良的庞大驼队,共有 8 峰骆驼、2 条狗、3 只羊、1 只公鸡、10 只母鸡、几麻袋小麦、3 支长枪、6 支短枪、2 箱弹药,以及皮大衣、毛毯和一些科学仪器,当然还有一些装水的羊皮囊和白铁皮水桶。赫定的助手斯拉木巴依直接管理着一个向导、两个驼夫。围观的人很多,他们一声不响地站在路两旁,好像为亲人送葬一般。一位智者摇着头叹息道:"他们再也回不来啦!"

他们确信 15 天之后就可以穿越沙漠到达和阗河,从地图上看,由麦盖提向东穿过沙漠到和阗河的直线距离只有 287 公里,他们每天只要走 20 公里就够了,而这无论如何是做得到的。但是第 20 天时他们仍然在沙漠里。可怕的是,他们没有水了。赫定每天都写详尽的日记,此时他没有力气再写了。他最后写下的文字是:

> 早晨,还剩下几滴水,大约有一杯吧。中午时,我拿其中一半沾湿各人的嘴唇,晚上要拿剩余的平分时,谁知给牵骆驼的卡希木阿洪和买买提沙赫喝干了。所有一切,我的驼夫和骆驼,都是非常衰弱的。上帝!救救我们啊!

沙漠,死寂的沙漠,一望无际的沙丘像凝固的波浪一般,没有一根草茎,没有一片绿叶,晴空中没有飞鸟,地面上没有任何羚羊或麋鹿的踪迹,目力所及,除了沙,还是沙。太阳像一个巨大的火球要将他们烤焦。他们已经放弃了弹药、帐篷、床、毛毯、照相机、参考书、资料、药箱、服装,等等。接着他们还要放弃更多的东西,然后是生命。

最先倒毙的是两峰骆驼,它们早在几天前就被禁止了饮水。他们又杀了鸡和羊,为的是用黏稠的血液来拯救生命。他们喝下非常浓稠的带着黄红色的骆驼尿,引发剧烈的呕吐。向导约尔奇和驼夫买买提沙赫在一次宿营之后不再上路了,从此再也没有人见到过他们。又一峰骆驼倒下了,一倒在地上它立刻伸长四肢硬挺着脖子死去了。不久,赫定的助手斯拉木巴依也扑倒在地上,说他一步也不能走了,他要死在他躺的地方。

赫定和驼夫卡希木阿洪放弃了探险队的最后残余物资,只带了掘井用的铁锹、计时器、罗盘和准备用来盛和阗河水喝的空罐头盒继续前进。他们在夜里朝着和阗河方向走去。白天他们用铁锹将下面的冷沙掘出,脱了衣服躺在上面睡觉,衣服则挂在锹把上遮阳。两天后他们终于见到绿色的柽柳,他们像食草动物一样咀嚼着它的叶子。他们鼓起勇气继续走路。又一天过去,他们见到了三棵胡杨树。他们用胡杨树叶子擦皮肤,让皮肤湿润。他们用枯树枝生起篝火,要给斯拉木巴依一个信号,倘若他还活着的话。他们又走了几个钟头,然后在如火的太阳炙烤下躺了10个钟头直到傍晚。卡希木阿洪说他再也站不起来了,他认为一切都完结了。

　　赫定独自走入凶险的沙海和黑夜。午夜,赫定在一丛柽柳下睡着了。在凉夜中恢复了一点力气的卡希木阿洪又赶了上来。他们用尽一切努力同疲倦和瞌睡抗争着,继续走路,或者在地上爬行。

　　来到一个小沙丘上,他们突然战栗起来,心差不多蹦到了嗓子眼:他们眼前的沙地上出现了一行人的足迹!他们追随着这足迹前进,他们相信离河流不会太远了。走着走着,卡希木阿洪坐在地上不走了。他发现那正是他们自己的足迹。人的神经怎能经受住这样的打击?他们把最后的精力徒然浪费了,失望和绝望压倒他们,他们躺在地上睡着了。

　　黎明时他们靠着顽强的毅力又上路了。日出时他们看到了新的地平线:和阗河岸边的胡杨林。他们走进洋溢着青春和生命的胡杨林,不但到处是绿叶、野花和动物的足迹,而且还有马粪和人的踪迹。得救了,得救了,他们这样想。

　　循着足迹前进几个小时之后,耐不住酷烈的暴晒,他们在树荫下躺了一整天。和阗河就在近旁,但他们不得不等待,这是更加难熬的刑罚。傍晚,该上路了,卡希木阿洪却一步也挪不动了。赫定将铁锹头卸下来挂到树枝上,临时做个标记,就拄着锹把独自朝前走去。

　　忽然,胡杨林终止了,月光下,在东方展开了一望无际的平

6

滩,比地面低两米左右。这不是别的,正是枯水期的和阗河河床。河床上的沙子干燥得如同在炉子里烤过一般。一般人此时会崩溃的,可是赫定没有,他不愿在没有耗尽最后一丝力气时躺下等死。他继续朝东南方向走去。

走了2.5公里远近,一只受惊的野鸭从他身旁飞了起来,接着传来微波荡漾的声音。此时赫定已经站在积水池旁边了。池塘内是新鲜的、清凉的、美味的水!这个水池后来被称为"天赐的水池",它的出现如同一个奇迹。

赫定的感觉无法用语言描述,他是如此幸福,以至于他没有立即去喝水,而是站在水池旁计算起自己的脉搏来:一分钟跳99下。然后,他才从衣袋里取出罐头盒,舀水喝起来,几分钟内,他一连喝了21下,大约3升。几分钟后,他的血液虽然还是黏稠的,但总算在血管里能较为通畅地流动了,脉搏也跳得更有力一些:一分钟56下。

赫定想起了卡希木阿洪,他还在树林里同死神搏斗呢,他已经不能够走上三个钟头到这儿来喝水。赫定要立刻返回去救他,但罐头盒容量太小,于事无补。怎么办呢?他不是穿着不透水的长筒皮靴吗?于是他脱下皮靴,灌满水,用靴带将皮靴拴在铁锹把的两端,挑上肩,循着来时的道路往回走。

此时升起大雾,雾霭遮住月光,树林里漆黑一片,赫定找不到来时的足迹。他不得不在树林里燃起篝火,等待天亮。他睡了一觉,醒来时天已发白,篝火变成一柱浓烟,笔直地升到空中。那双盛水的宝贵靴子靠在一株树上,下面的沙土丝毫未曾弄湿。赫定很容易就找到了自己的足迹和卡希木阿洪躺着的地点——还在头天晚上同样的位置。卡希木阿洪看到赫定,无力地说:"我要死了。""你要水喝吗?"赫定问他。他摇摇头,重又闭上眼睛。当他听到皮靴中水晃荡的声音时,大叫一声,坐了起来。赫定就把靴口放到他唇边,他一口气喝干了一只靴子里的水。下一个瞬间,他又喝干了另一只靴子里的水。他们得救了!

顺便说一下,5月2日夜间赫定的助手斯拉木巴依,在赫定和卡希木阿洪走后,又躺了几个钟头,稍稍恢复了一些体力,就又带着四峰骆驼沿着他们的足迹走来。5月3日深夜,他看到三棵胡杨树地方点燃的篝火。5月7日,他和最后一峰骆驼支撑到和阗河岸边,看到河是干涸的,他就因绝望、饥渴和极度疲惫而倒下来等死。几个小时后,三个过路商人救了他一命。这仍然算得上一桩奇迹。几天后在牧羊人的小屋里,他见到了赫定和卡希木阿洪。

赫定穿越塔克拉玛干沙漠的探险结束了。这次九死一生、损失惨重的探险对赫定的一生有着至关重要的影响。绝境脱险之后,他的探险生涯渐渐步入辉煌,发现了楼兰古城等一处处重要的古城遗址,考察了塔里木河下游紊乱的水系以及西藏地理。以后,每年到遇救于和阗河畔"天赐的水池"那一天,赫定都要给制靴匠斯特林斯特罗姆写一封"感谢信",并寄上一双皮靴的钱——6克朗。

# 爱情的三个夜晚

## ——听来的故事

我用第一人称来复述这个故事吧。

1974 年的夏天,我高中毕业,响应党的号召,上山下乡,来到河南省桐柏县月河林场。这儿是革命老区,生活艰苦,但群山起伏,林木茂盛,风景很美,尤其让我难忘的是,我在此经历了最初的爱情。

我爱上的是一个杭州姑娘,她也是响应上山下乡号召来到这儿的。她有一根又粗又长的辫子,黑得像乌木,大家都叫她小铁梅。我们属于同一个大队,在一个伙上吃饭,经常见面,一来二去,爱情的种子就在心里发芽了。只要看到她,我就觉得一切都是美好的,如果哪一天看不到她,我的天空就布满阴云。我从她的眼神也看出了她对我的好感。但我们的交流仅限于羞涩的目光,因为怕别人说闲话,我们还有意地回避着。

爱情是甜蜜的,也是痛苦的。从夏天到秋天,我都没有勇气向她表白。如果我再不采取行动,很可能会被别人捷足先登。那样,后悔就来不及了。终于有一天,与她擦肩而过时,我结结巴巴地说:"我……我……晚上在林场等你。"

说罢,我勾着头匆匆走了,我怕她拒绝,我感到自己的脸滚烫滚烫的。

尽管很狼狈,我还是看到她轻轻地点了一下头。


我的工作是看林场,林子中间的小木屋属于我,没有比这儿更好的约会地点了。

晚饭后,我回到小木屋里,看着天渐渐黑下来。没有月亮,林子里漆黑一团,仿佛上面扣着一口硕大无比的锅。这样很好,别人不会看到她来林场,我也不用担心她看到我胆怯的表情。我坐在小木屋里等待着我的女神。等待的时光是那么甜蜜,秋虫在歌唱,空气中弥漫着果实的芳香,每棵树都幸福得发抖。我想象着她的一颦一笑,她美丽的大辫子,她会说话的眼睛,她胸前像绣花框上的布一样绷紧的衣服……多么美好啊!

时间过得太慢了。

凉气上来时,我想她这时来会冷的,我要给她披上衣服。

我没有手表,不知道时间,我就一直等,一直等,一直等……秋虫叫累了,歇了声,周围静得能听到树叶飘落的声音,偶有狐子

11

从树林里跑过,脚步声很轻,但也能听清楚。渐渐地等待的滋味变了,不再是甜蜜的,而是焦灼和烦躁,我心中做着种种猜测,寻找各种各样的理由为她开脱。我相信她不会耍我。她不是那样的人。到了后半夜,我生气了,我想,如果她这会儿来,我会说她几句的,或者干脆不理她,看她怎么给我解释。再后来,我就开始数落自己:你算老几,你也配得到爱情?人家分明是看不上你嘛,你别自作多情了吧……就这样在自怨自艾中天亮了。

她还没来。

第二天在路上遇到她,我问她夜里为什么没去林场,她说她去了,树林里黑漆漆的,她不知道我在哪儿,又不敢喊,就回去了。嗨,原来是这么回事,这都怪我,我怎么没想到这一层呢。我说:

"今天晚上再来吧。"

她点点头。

晚上,天还是那么黑,但我早准备了香烟和火柴。我点上烟,一支接一支地抽,烟头红红的火光在夜里很醒目,很远就能看到。这次不会再有什么差池了吧。

我不会抽烟,被烟呛了几次后,就不再把烟往肚里咽了,吸到口中就吐出来,只是保持烟头不灭罢了。

山很幽静,许多秋虫在歌唱,一些小动物时不时地弄出一些小动静,有时候让我产生错觉,以为是她悄然来到了我身边。

我坐在树木稀疏的地方,这样便于她看到我手中小小的烟头的火光。开始我没想着要计算时间,我的心跳得很厉害,像一头倔强的驴子在里面踢腾,我得让心平静下来。心平静下来之后,我已经抽了半包烟,潮气上来了,衣服变得沉甸甸的。这时我有些担心,她应该来的,怎么还没来?为了计算时间,我数自己的脉搏,看脉跳多少次能抽完一支烟,因为我知道一分钟心跳多少次,这样就能大致算出时间过去了多少。由于心中忽然间生出这样或那样的念头,计算总是中断。一直到天亮我都没计算清楚。

她终究没有出现。


白天我又遇到她,质问她夜里为什么没去,心想,这次看你还有什么可说的。她揉着衣角,委屈地说她去了,看到有人吸烟,她以为换了看林人,因为她知道我从来不抽烟。嗨,又误会了。

我说:"今天晚上我还等你。"

她点点头走了,眼里噙着泪。


晚上,天还是那么黑。这次我不吸烟了,改为唱歌,她会顺着声音找过来的。

一唱起歌,我才发现我会的歌太少了,不是忘词,就是跑调,没有一首能唱完整的。平时我和同学们一起唱,滥竽充数还凑合,现在自己单独唱,就作难了。于是我就来个混合唱法,想起哪句唱哪句,东一榔头西一棒槌,着腔不着调的,只管一路唱下去。我的歌声惹得秋虫不高兴,它们想不到有人唱得这么难听还敢唱,就一阵一阵和我比着唱。岂不知,对我来说,唱歌就是受罪,我是不得已而为之,我若停下来不唱,她来了找不到我就又该回去了。后来,我把秋虫比下去了,它们不唱了。只剩我一个人嘶哑着嗓子还在唱。我唱得口干舌燥,喉咙冒烟,还是没把心上人唱来。

天又亮了。

白天我在路上拦住她,问她夜里为什么没去,她说她去了,听到几个人在唱歌,就回去了。我告诉她只有我一个人,她说她听着不是一个人的声音。我让她晚上再到林场去,她说:

"不行,我被调到二郎庙大队了,今天就得去报到。"

二郎庙大队距离这儿有五十公里,约会谈何容易。从此后,我们竟然再也没能见上一面。

我记得,她走的时候,洒下了一串眼泪,那是多么晶莹的眼泪啊!

看着她远去的身影,我心都碎了。

# 老房子

我想念的不是新房子，不是面朝大海春暖花开的漂亮房子，而是一座老房子，一座摇摇欲坠的房子。面北，土坯墙，灰屋瓦。下雨时，空中仿佛有无数敌人在放箭，叮叮当当，一会儿工夫，屋顶就千疮百孔了，雨水乘虚而入，惊心动魄。刮风时，屋里像是挤进一大群不安分的马，左冲右突，快要把房子胀破。冬天，冷得像冰窖，一缕阳光也照不进来。夏天，蚊子成堆。没有蚊帐。土办法，用麦糠熏蚊子。浓烟呛得人眼泪长流，蚊子逃之夭夭，可是管得了一时，管不了一夜。人能待下去时，蚊子也卷土重来，哎哟，那就受着吧。跳蚤成群，跳来跳去，像开运动会似的，一个个鼓足干劲，力争好成绩。它们那么小，那么灵活，根本拿它们没办法。还有臭虫，埋伏在墙缝或床缝，或者天知道什么地方，夜深人静时无声无息地出动，向我们可怜的肉体发起攻击，防不胜防。尽管如此，我仍然非常想念这座房子。哦，盛满童年记忆的房子，魂牵梦萦的房子!

说摇摇欲坠,一点也不夸张,确实如此。山墙不是垂直的,倾斜度甚至超过比萨斜塔。一半墙皮被风雨侵蚀、剥落,筋骨外露,看上去惨不忍睹。父亲对重要的部位进行了加固,用棍子支撑着。单看采取的措施,就知道其危险程度。它能挺过一场场狂风暴雨,真是奇迹。有一个梁断了,加一个柱子顶着,这个还算结实。中学时学习了力学,但我对房屋的受力结构一点也弄不懂。它屹立不倒,有道理吗?没道理。我想,也许它是靠意志支撑着。我总是提心吊胆,怕它哪一天轰然倒塌。最危险的山墙,我们要离远点,尤其是大雨天。尽管如此,我仍然非常想念这座房子。哦,充满童年记忆的房子,魂牵梦萦的房子!

房屋很暗,前面有两个木栅窗子,每个有 2 尺×4 尺那么大,一个对着厨房的山墙,一个对着牛屋的山墙,夏天能进入一点光线,冬天窗子糊上纸,基本进不了光线。东西两间屋顶各有一块亮瓦,这是光线的主要来源。一根明亮的光柱,尘埃在光柱中飞舞。白天要在东西两个房间看书,必须就着亮瓦的光。否则,会很吃力。房间不大,两张床加一个柜子,占去四分之三的空间,剩下的只够转身用。床下多放杂物。柜子顶上也放杂物。能用的空间都用上了。床一点也不舒适,竹笆、草荐、席、被。没有褥子,也没有床单。就这样,一张床要挤两三个人。当心,别掉下去。由于东山墙最有倒塌的危险,全家都挪到西屋来住,六七口人,拥挤程度可想而知。尽管如此,我仍然非常想念这座房子。哦,充满童年记忆的房子,魂牵梦萦的房子!

这样一座房子,装下多少岁月,装下多少梦想,装下多少欢乐和愁苦,是谁也说不清的。那时奶奶还活着,慈祥温和,溺爱我们。父母撑起一片天,我们姊妹四个是天下最无忧的孩子。玩,我们胡天胡地地玩,有用不完的精力。我们在昏暗的屋子里也憧憬未来,希望未来能吃饱肚子,能穿得暖和。别的,还有什么? 能够上街喝碗胡辣汤,能够有小人书看,或者还要买双解放鞋,噢,足够了,足够了。贫穷限制想象力。我们的世界:东边能看到一座山,土崮山,更远的地方是日头的老家,因为日头从那里升上天空;西边是灵山,灵山后面也是日头的家,日头每天要到山后睡觉;一条河——七里河——由北向南流淌,河的源头在哪儿,又流向哪里,不得而知。房子其貌不扬,我当它是世界的中心。想来可笑,哈哈! 尽管如此,我仍然非常想念这座房子。哦,充满童年记忆的房子,魂牵梦萦的房子!

我记得父亲在屋后的墙上写有四句诗:

    此梦不强,写在南墙。

    太阳一照,化为吉祥。

我永远不可能知道父亲做了一个什么样的梦。那一定是个可怕的梦,以至于父亲要在南墙上写下这几句话。太阳是最伟大的巫师,降妖除魔,无所不能。驱除梦魇,不在话下。用这种方法,太阳照进梦中,如威力广大无边的天神,大喝一声:妖魔鬼怪退下! 于是,噩梦醒来,太阳照常升起。语言,如同咒语,必须敬畏。父亲用语言把噩梦——这个妖怪——锁在南墙上,让它受太阳的炙烤,无穷无尽地遭受酷刑折磨。如果墙皮不脱落,它便逃脱不了可怕的命运。语言好神奇啊,父亲只需写下十六个字,便降伏了妖怪。可是降伏现实的困难却不容易。生活艰苦,我们已经习惯,不可怕,可怕的是过年关。年关,一个"关"字,说尽了过年的不易。发明这个词的人一定深有体会吧。有几年,每到腊月二十前后,家里开始出现要账的人,一拨儿又一拨儿。天天如此。正好我也放寒假,在家。生起一盆火,倒上热茶,递上烟。父亲陪他们烤火,抽烟,聊天,谈论收成,感叹世事艰难,然后给他们一笔钱,打发他们回家。到除夕那一天,我们会早早贴对联,据说对联一贴,就是过年,不兴再要账了。噢,这一关,总算要过去了。过年关! 房子啊,如果你能说话,你大概也会感叹,年关好难过啊。最难的一次,马上就要过年了,家里没钱买肉,如果不是邻居送我们一块肉,我们就要过一个素年了。房子记得这一切。尽管如此,我仍然非常想念这座房子。哦,充满童年记忆的房子,魂牵梦萦的房子!

　　我感到奇怪的是,年关那么难,过年之后,春天就来了,一切困难烟消云散。过年后,就该开学了。四个学生都要学费。父亲像变戏法似的,给我们变出学费,让我们毫不为难地去学校。钱

18

哪儿来的,借的,还是年前就备下的? 我们不得而知。就连最难的、差点没肉吃的那一年,也没因生活困难而耽误我们上学。上学,在我们家是天大的事。父亲对我们寄予厚望。高中录取通知书下来,父亲没对我说别的,只对我说了一句话:不到北大非好汉。这句话分量很重。我刻到屋后的桐树上,以为鞭策。高考那一年年关,写对联时,父亲给我说了一个上联:中状元靠上天保佑。这……也太那个了吧,可是父亲既然说了,那就写下吧。下联,我来对吧。什么上天保佑,我是无神论者,于是我将下联写为:学知识凭自己努力。要努力,这才是关键。父亲一笑,说:好!据说父亲为我考学的事天不明就上灵山许了愿。灵山,灵山,就是灵。我果真考了全县第一名,报志愿时,父亲就说报北大。好吧,报北大。可是我们县恢复高考以来,已经八年了,文科还没有人考上过北大。可想而知,这有多冒险。谢天谢地,我被北大录取了。真是上天保佑啊。父亲真了不起,豪情万丈,完全按自己意愿塑造了我。可是,学费没着落。父亲东挪西借,为我凑了二百八十块钱。借了多少家,央求了多少人,我不得而知。父亲说,你不用管这些。父亲一直说,就是卖房子卖地,也要供你们上学。我想,土地不允许买卖,这所房子,摇摇欲坠,又能卖几个钱呢。我知道父亲说的意思是:不惜一切代价! 房子装着生活的艰难与苦涩。尽管如此,我仍然非常想念这座房子。哦,充满童年记忆的房子,魂牵梦萦的房子!

房子老了，衰朽了，骨头脆弱，难以支撑日渐干瘪的躯体。风雨从外部打击它，蠹虫从内部瓦解它。它挣扎着生存，给我们庇护。有一天，它说，都走吧，走吧，走得越远越好。它怕我们成为它的陪葬品。它的呼吸不再均匀。呼出的气息，有死亡的味道。我们全部搬进城里后，房子像完成了使命似的，叹息一声，坍塌了。它走完了自己的一生。尘归尘，土归土。丑陋的废墟，对着青天。再见到时，这里一片"空无"。像一位高僧临终时所画下的圆圈。零。无。或者圆满。房子走了。它遁入地下。我再也见不到它了。春天，这儿会长出青草和野花。也长出寂寞。尽管如此，我仍然非常想念这座房子。哦，充满童年记忆的房子，魂牵梦萦的房子！

# 姥婆

　　我早就应该写写姥婆了。姥婆是母亲的奶奶,我们叫姥婆。姥婆离开我们已经四十多年了,但每每想起,我总觉得她还活着,还在那个我非常熟悉的院子里走动,既一刻不停地忙碌着,但又从不慌张。她无论做什么都那么自然,有条理。她知道一切事物本来的样子,或应该是什么样子。她做饭,扫院子,照看小孩,纺线,等等,只要她能做的,她都默默地去做,从不假手于人。姥婆是个热心肠,周围邻居无论谁家有事,她都乐意帮忙。人们下地干活,无人照看小孩,领到姥婆这儿,交代一声,就万事大吉了。大人一百个放心,小孩则度过一段快乐的时光,往往父母来接时也不想走。

　　我到姥婆家去,总像过节一样开心。姥婆最疼我了。有一次我去姥婆家,姥婆正要被一个亲戚接去住几天。姥婆看到我,拉住我的手,流着泪说:"娃子刚来,我咋能走呢?"那边盛情难却,加上众人劝说,姥姥还是去了。姥姥一步一回头的情景,深深地印在我脑海里。人们和我开玩笑,说:"姥姥走了,你身上痒了咋办?"我生气地说:"我自己抓。"这件事常被人们说道,最后总是这样结尾,"看来雁(这是我原来的名字)也会自己抓痒"。

另一件事也常被人们拿来说道。一天,我和姥姥在房间里说话,我说:"姥姥,接住红薯了,接您到我们家去,红薯软和,您能咬动。"隔墙有耳,二妗母听到了,说:"雁啊,红薯你姥姥能咬动,那白馍能不能咬动?"那时候白馍属于被遗忘的食物,因为一年到头难得吃上一次,红薯则是我最热爱的食物,甜,软,美味,看着欣喜,吃着开心。许多人因吃多了红薯而"醶心"(胃泛酸水),对红薯是又爱又恨。我从未有过这种现象,几十年如一日地热爱红薯。

我在姥姥家记忆最深的一件事是"叫魂儿"。那时,我三四岁吧,记不得出了什么事,我的魂儿脱离身体,上到房坡上。魂儿轻飘飘的,像一缕烟,随时都会远去。魂儿蹲在房顶上,看着那个熟悉的院子,看着自己的肉身——那个没有感觉的躯壳,准备告别,远行。我(这时我的主体就是魂儿)也不知道我要去哪里,只知道要去远方,东南方向,向上,也许进入蓝天,进入虚无吧。我看到姥姥在"叫魂儿",她好像看到我蹲在房坡上,冲着我叫:"雁,回来喽,雁,回来喽——"多么熟悉的声音,多么热切的呼唤,多么期盼的目光!你怎么还能忍心执意远去?!那声音就像一双温暖的

22

手臂,将我从房坡上接下来,放入躯壳之中。从此以后,我的魂儿再没离开过躯壳。尽管那时我很小,但记忆深刻。我能看到我的躯壳躺在堂屋门口,我的魂儿像猴子一样敏捷,跳跃到房坡上,从房坡上观看着院子。院子里,外公、舅舅、妗母等一干人,慌乱,着急,忧心忡忡。姥婆在院里"叫魂儿"……这一切清晰得如一幅画,一幅夏加尔风格的画:自然,神秘,超现实,又极其亲切。

姥婆是1982年去世的,享年九十。她从来都是为别人考虑多,为自己考虑少。吃苦在前,享乐在后。以至于犯病那天,没吃上饱饭。中午,饭做好了,来了客人,姥婆只吃很少一点,就说自己吃饱了,不再吃了。她是怕客人吃不好。下午,姥婆摔了一跤,随即陷入昏迷,几天后就去世了。

姥婆的葬礼全村人都来参加了。生产队为姥婆请了一盘响器,这是空前绝后的。公家出钱,队长怕人们提意见,说,你们都摸着心口窝想想,你们谁没得过姥婆的好。当然,没有一个人有意见。一个普通的农村老人,没有做过轰轰烈烈的事,却获得了那么多人的爱戴,不能不说是一个奇迹。世事沧桑,我见过不少成就卓著的人,见过不少事业辉煌的人,见过不少名声显赫的人,见过不少位高权重的人,但很少有人能像姥婆那样在我心中占据如此崇高的地位。

我多次梦到姥婆。借由梦的桥梁,我一次次回到过去,和姥婆待在一起,躺在姥婆的怀抱里,嗅着姥婆身上温暖的气息,听姥婆讲故事。最幸福的时光莫过如此。在我心中,姥姥从来都没有离开,她还在那个院子里走动,忙碌……

# 鲤鱼蹿沙

　　我回到老家,朋友们请客,每每问我想吃什么,我都会说:鲤鱼蹿沙。

　　鲤鱼蹿沙是什么呢? 其他地方的人一般都不晓得,头脑里往往会闪现出这样的问号:哦……这是什么,有鲤鱼吗? 有沙吗?只有内乡或南阳的人能够心领神会,这就是一道简单的面食。

　　我们老家面食众多,有酸菜面条,有芝麻叶豆面条,有浆面条,有羊肉糊汤面,有南瓜糊汤面,有绿豆面片,有锅出溜儿,有蒸面,有焖面,有热干面,有烩面,有板面,有炝锅面,有荆芥捞面条,有拉面,有面鱼儿,等等。一些面是从外面引进的,比如热干面、拉面等,是另外的特色,到这里只是丰富一下本地的面食。一些则是地道的本地特色,最典型的就是鲤鱼蹿沙。鲤鱼蹿沙,我在别的地方再没听到这个名字,自然也就没吃到过这个面食。只有在南阳可以吃到。而要想吃到最地道的鲤鱼蹿沙,那就要到我老家内乡县了。

我老家是宛西的内乡县。宛是南阳的简称。宛同碗,南阳的地形是个小盆地,从高空看下去就像一个碗。碗又是吃饭的工具。碗里盛的自然是饭。南阳土地肥沃,地处南北过渡带,四季分明,基本上风调雨顺,是中州粮仓。南阳的主要作物是小麦和玉米,当然还有红薯。南阳人爱吃面,做面的花样也多。我每次回南阳总要吃许多种面,把胃弄得舒舒服服的。

对于一个爱面的人,一碗好吃的面吃下去,感觉四肢百骸都得到了温暖的抚慰,滋润,关照,每个细胞都饱满鼓胀起来,雀跃着,想跳舞,每个毛孔都热气腾腾,欢欣鼓舞,血液流动更畅快,一路唱着歌。身体中的每个分子都在传递积极的信号,春暖花开,莺飞蝶舞,芬芳四溢。人,红光满面,笑意盈盈,坐在那里不想起来。哦,一个什么词能形容这种状态呢?心满意足。对,正是这个词,普通,然而准确。

对我来说,最好的面是鲤鱼蹿沙。美味,那是必须的。但又不仅仅如此。别的面也很美味。更重要的是鲤鱼蹿沙可以百吃不厌,也就是说天天吃也吃不够。而别的面很少能做到这一点。比如烩面吧,那是典型的好吃的面,但不能天天吃顿顿吃。别的也一样。鲤鱼蹿沙为什么这么特别呢?因为它是鲤鱼蹿沙啊,亲爱的,就是不一样。

现在,写这篇文章,让我又想念鲤鱼蹿沙了。说起来,我已经

26

很久没有吃到鲤鱼蹿沙了。每次回内乡，朋友们热情招待，但对我提出的吃鲤鱼蹿沙的请求总是打哈哈。客随主便，我只能服从安排了。有时候，我想，我悄悄回去，自己找一家小店吃一碗鲤鱼蹿沙，岂不是了却心愿。但与吃相比，与亲友相聚更重要。悄悄回去，不和亲友打招呼是说不过去的。

亲友们不安排我吃鲤鱼蹿沙，我也能理解。为什么呢？因为大饭店或有特色的饭店都没有鲤鱼蹿沙。为什么？因为这种面难做，做起来太耗费时间。饭店都是讲究效率的，对于既费时间又卖不上价钱的面，自然不愿意做。另外，还有一个原因，可能觉得鲤鱼蹿沙太平民了，不上档次，与大饭店的身份不符。

再后来，我便不再提这种要求了。随遇而安。吃不到鲤鱼蹿沙也没什么，把这种美好留到记忆深处吧。

曾经——说起来已是几十年前了——我们每天都吃鲤鱼蹿沙。那时候，我还是少年，在村子里上学，每天中午基本上都能吃到鲤鱼蹿沙。农村的主粮有三种，红薯、玉米和小麦，我们吃得最多的是红薯，可以说是红薯养活了我们；其次是玉米；然后是小麦。前两种是粗粮，只有小麦是细粮。小麦也是最珍贵的，一年一家也就分那么一点。我记得偷偷捡拾的麦穗打的麦子也与分配的差不多。我们六口之家，分的麦子最多两筐吧，有二百斤吗？我不知道。一年三百六十五天，平均下来，一天分多少小麦就可想而知了。所以一年到头吃不到白馍是很正常的。土地分下来

27

后,才渐渐能吃上白馍。知道这些,才能理解中午的鲤鱼蹿沙对我们来说多么重要。一天之中,只有这一顿能吃上细粮。虽然"鲤鱼"很少,"沙"很多,但仍是难得的美味。

鲤鱼蹿沙之于我,如同小玛德兰点心之于马塞尔,是开启记忆之锁的钥匙。它不仅是一碗面,还是岁月,还是青春,还是梦想。如果说那时候有什么梦想的话,梦想就是能经常吃到细粮,并能吃饱。鲤鱼蹿沙不再是"鱼"少"沙"多,而是"鱼"多"沙"少。

说到这里,就不得不说说鲤鱼蹿沙到底是什么样的面。前面说过是红薯养活了我们,我们对红薯是感恩的,但天天、顿顿吃红薯,从红薯面汤到红薯窝头,到红薯干,到红薯面条,到红薯叶,也吃得我们够够的。于是,哪顿饭不吃红薯,便特别开心。鲤鱼蹿沙回避了红薯。这道面,说白了,是玉米糁面条。所谓的"鲤鱼"便是指面条,"沙"指的是玉米糁。也叫鲤鱼蹿黄沙。如此简单的面,好吃吗?前边说过,好吃,可以顿顿吃而不厌。至少特定年代是这样。还因为,一是没油,不腻;二是粗粮细粮结合,营养均衡;三是口感好,感觉"鱼"是活泼泼直接从喉咙游入胃中,在胃中自由摆尾惬意地游来游去。现在呢?当然还很好吃,不过现在吃的都是经过改良的鲤鱼蹿沙,比简单的玉米糁面条好吃多了。

改良版的鲤鱼蹿沙是这样做的:玉米糁一定要熬两个小时以上,熬出黏度,再加上萝卜丝炒五花肉,与面一起煮,煮到火候,筷子插到面中不倒,便可以了。吃的时候配上豆瓣酱或辣酱,口感

28

更好。

　　朋友,如果你有机会来到我们老家内乡,不妨找一家小店,吃一碗鲤鱼蹿沙,那感觉一定是非常独特、非常难忘的。顺便说一下,我们那里有全国保存最好的县衙,有原始森林公园宝天曼,是旅游的好去处,所以你是有机会去的。但鲤鱼蹿沙并不是每家小店都有,你需要花费时间找一找,希望你能找到。

# 安静的价值

写这篇文章之前,我决定先打坐半小时,体会一下安静。并非没体会过安静,但每一次体会都不一样。安静也是丰富多彩的。我坐下来,放松,闭上眼睛,不让视觉信息干扰我。均匀地呼吸。这时听觉灵敏起来。我听到外边的鸟叫,听到微风穿过树叶的声音,听到院里孩子们的嬉闹……我捂住耳朵,将外界的声音隔绝开来,这时候安静吗? 不,我听到更多的声音,血液奔涌的声音,极为喧嚣。

挪威探险家艾林·卡格去过南极、北极,登上过珠峰,他说南极是他去过的最安静的地方,北极时不时会听到各种声音。他提出 3 个问题:安静是什么? 在哪里可以找到安静? 安静的价值? 最后,他给出了 33 个答案。其中 32 个答案或说故事,或阐述理论,但我印象最深的是第 33 个答案。在 33 的数字下,什么也没有,一面白纸,没有文字。这才是安静!

2010年3月14日至5月31日,行为艺术家玛丽娜·阿布拉莫维奇在纽约现代艺术博物馆坐了736.5小时,与1545个人对视,一句话也没说过。她说,安静的对立面是运行着的大脑,也就是思考。如果你想找到安静,你必须停止思考。我理解陶渊明的"采菊东篱下,悠然见南山"是一种安静。王维的"明月松间照,清泉石上流"是一种安静。小林一茶的"一只大青蛙,和我对视,一动不动"是一种安静。还有,小时候看姥姥在油灯下纺花,也是一种安静。

玛丽娜·阿布拉莫维奇曾到荒野中去寻找安静。荒野寂静无声,但她说这不是安静,只是悄无声息而已。为什么这样说?她说她的脑海里充斥着各种想法,"这是一种空虚的空,而她的目标是体会一种充实的空"。大多数人不可能像艾林·卡格那样到南极寻找安静。如果你内心纷乱,即使到南极也找不到安静。艾林·卡格说"安静存在于我之中"。这里,我来说说我对安静的一次体会。临近春节,春运已经开始,北京西站人山人海。我要去郑州参加一个活动,提前很多天就买好了高铁票。那天,我提前一个小时来到车站,排队检票进站,通过安检,来到候车室。离发车还有40分钟。候车室里乌烟瘴气,人满为患,我就在门口待着。我出门总会带本书,这次也不例外。没别的事,看书吧。我拿出书看起来。这时候我什么声音都听不到,只是沉浸在书里。当我从书本中回过神来,掏出手机看时间,再看票上的发车时间,糟糕,我要乘坐的高铁已经开走了。刹那间,我感到车站里好安静啊。从我看书以来,谁把声音屏蔽了? 我赶紧去改签,窗口工作人员告诉我,所有车次都没票。我说站票也行。站票也没有。我只好狼狈不堪地回去,想别的办法。瞧,我是在喧嚣的火车站体会到安静的。代价嘛,也确实够大的。我那次去郑州,差不多就是一部《人在囧途》。

囧事不说了,我来说点好玩的事吧。1952 年 8 月 29 日,《4分 33 秒》在纽约托德斯托克首演。演奏者在钢琴前坐了 4 分 33秒,手指都没触碰琴键,演出结束了。《4 分 33 秒》是一部什么样的作品? 一个音符也没有。这是约翰·凯奇的神作。半个世纪后,也就是 2002 年 9 月,一场侵权官司以庭外和解的方式告终。英国作曲家迈克·巴特因为剽窃约翰·凯奇的《4 分 33 秒》,据说支付的赔偿金高达 6 位数。另一个故事:苏联时期,音乐家肖斯塔科维奇邀请诗人阿赫玛托娃到热皮诺(圣彼得堡的自治市)会面。她来了。他们就那样安静地坐着。谁也不说话。20 分钟过后,她起来走了。她后来说这次会面好极了。这次会面在他们的个人史上被称为"历史性会面"。这两个故事说明了什么,能说明安静是有价值的吗?

度娘告诉我,安静的本义是没有声音,引申义有:安定平静,使安定平静,沉静稳重。撇开词典,望文生义,可不可以这样理解:安静,心安则静。心不安定,便体会不到真正的静。心不安定,即使到荒野也找不到安静,找到的只会是混乱。混乱,正是阿布拉莫维奇描述自己在荒野中的体验时使用的词。

现代人,每时每刻,都忙碌着,被喧嚣的信息包围着,可曾有片刻安静?如果不能安静下来,我们又如何体会存在的美妙和自我的丰盈呢?

# 欹器的启示

先讲一个故事吧。

有一天，孔子带领弟子们到鲁桓公庙去祭祀。祭祀完毕，孔子站到一个倾斜的铜器面前沉思。好学的弟子们纷纷围过来看老师在看什么。一个倾斜的铜器？干什么用的？他们不明白为什么要把这样一个倾斜的铜器放进庙里，难道是为了羞辱工匠吗？抑或管理人员的失误？孔子问："谁知道这个铜器的名字？"没有一个弟子能答上来。孔子说："这叫欹器，空虚的时候它是倾斜的，水盛得适中的时候它是端正的，水满了它就会倾覆。你们不妨试试看。"弟子们想不到这个东西还这么好玩，便争着往里边注水。随着水的不断注入，倾斜的铜器一点点端正过来，水占铜器容积一半的时候，铜器最为端正。继续注水，铜器又一点点开始倾斜，快注满时，铜器突然倾倒，弄湿了几个弟子的鞋袜。他们快乐地笑起来。孔子没笑。"哪有水满而不倾倒的呢?"孔子在感叹，"欹器，又叫宥坐之器,饮酒时置于座右,提醒人们不要喝不够量,也不要喝过量。"为什么放到庙里呢? 孔子说:"是为了告诫人们不要失去自信,也不要自满,自满是危险的。"毫无疑问,孔子为弟子们上了生动的一课,用现在较为时髦的话说叫"快乐教学法"。这个故事于教育方面的启示是显而易见的,不再多说,在此我想谈点别的。

我对欹器这种器物很感兴趣。古人怎么就造出了这么有趣的东西呢? 这种器物流传下来了吗? 它的形状如何,大小如何,有无铭文? 头脑中就出现了这样的画面:节日的公园,阳光灿烂,一个类似于水瓮的圆底欹器摆放在开阔地方,欹器的周边被摸得像镜子一样明亮,一群少年嘻嘻哈哈地用小桶往欹器里边灌水,周围站着许多观看的大人。欹器倾覆时爆发出一阵欢快的笑声,然后他们也许会看看欹器上的铭文,再换另一拨少年重复这一过程。一个纯粹的游戏。欹器上的铭文一定有这样几句话:虚则欹,中则正,满则覆。古人将简单的哲理用简单的器物反映出来,体现了古人对哲理的朴素之爱和他们对抽象事物形象化把握的能力和智慧。其实汗牛充栋的哲学书籍思考的难道不都是简单的道理吗? 譬如物质与意识、时间与空间、自由与责任、我与他人、生与死,等等。如果哪个公园果真摆放着这样一个欹器,我一定要领着儿子去玩一玩。

可惜它失传了。我对欹器的失传深感遗憾。这种器物本来是用于饮酒时起告诫作用的,鲁国将其置于庙中是有深意的,而孔子领会了这种深意,并传达给了弟子们。欹器揭示的道理很简单,"谦受益,满招损"。正如日中则偏、月盈则亏一样是必然之理。但古人深知简单道理实践起来却并非易事,所以才不怕费事,造出这么一个器物来警诫后人。可惜欹器后来失传了。我想如果欹器不失传,如果秦始皇能将欹器置于座右常怀忧惧之心,以其横扫六合、一匡天下的雄才伟略,秦朝至于那么短命吗? 如果开创开元盛世的唐玄宗能将欹器置于座右常怀忧惧之心,还会有"安史之乱"吗? 但是历史是从来不能用"如果"来加以改写的。再说,把历史兴亡寄托于小小的欹器不也显得太可笑了吗? 可是我们朝幽暗的历史深处打量,盛极而衰的例子莫不与骄傲自满有着密切的关系。

我希望自己心中能有一个欹器。欹器,这是多么好的器物呵,我常怀疑那些具有内省精神、道德高尚、不骄不躁的智者心中都秘藏着一个这样的器物,他们在欹器快要倾覆时就不会再往里边注水了,人非圣贤,孰能无过。但他们察微知著,在某种苗头出现时就能预见到其后果,并及时遏制不良苗头的发展。向他们学习,我希望在自己心中也悄悄置入这样一个欹器,使我向内心观望时能看到它是倾斜的还是端正的。如果我看不到它的倾斜,它就会在我沾沾自喜、忘乎所以的时候轰然倾倒,发出骇人的声响,使我悚然惊醒,心态复归于正常。这样多好。朋友,如果你也喜欢这个器物,不妨也悄悄地将其置入心中。

# 镜中映像

理发的时候,看着镜子中自己的映像,忽然觉得很陌生。瞧,这个人!他与你面对面,四目相望。你们离得如此之近,伸手可及。你看着他,他看着你。你对他了解吗?不,不很了解。你对他满意吗?不,很不满意。反过来,也一样。人说三十岁之前的相貌是天生的,三十岁之后的相貌是自己修来的。五官,在巴掌大的地方排列有序,但世上万万千千的人,却难以找到俩相貌完全一样的人。为什么呢?因为脸上写着一个人的经历和修养,他的生活习惯、饮食、睡眠、劳作、爱情、欲望、金钱、地位、名誉,等等,都写在脸上。没有两个人的经历是完全一样的,所以也就没有两个人的相貌完全一样。我相信,高超的算命大师能从一个人的脸上读到他的历史,如同读一本传记。我打量着镜子中这个围着白围单的人,瞧,他的历史我都知道,但我为什么感觉他陌生呢?这是个问题。

把自我当作他者来审视,或者,以他者的眼光来审视自我,自我便透出陌生的气息。这个人,我与他朝夕相处,我了解他的习惯,晓得他的缺点,知道他浪费过多少时光,洞悉他内心的秘密,清楚他对自己有多么不满。这个人,你看他,曾经颇受命运眷顾,受过良好的教育,也有一定的才华,如果他足够勤奋,足够努力,他可能取得比现在要大得多的成绩。但他把许多时间虚度了,常常无所事事,晃膀子,下棋,等等。这如何能让人对他满意呢!这个人,他玩起来仿佛他拥有无穷无尽的未来一样,其实他明白时间飞逝,他并没有多少时间可供挥霍。假如他能活到平均寿命,他大概还有两万个小时,除去吃饭睡觉的时间,真正能够用于工作的时间,不到一万个小时。这很可怕。兄弟,一万年太久,只争朝夕。一万个小时不久,更得珍惜。

瞧,他多么严肃!审视自我,并不是一件愉快的事。这个人,他看似平静如水,其实心里却翻江倒海。这是一个戏剧性的瞬间,他在此惊讶异常。你知道他有很长时间没写日记了。他曾经是写日记的。写日记的时候,他不得不面对荒芜的二十四小时。他会羞愧。他在逃避。逃避什么呢? 生命的意志。亚里士多德说过,万物皆有意志,一粒种子的意志就是要展现它的奇迹,它最大的可能性,即发芽、生根、开花、结果。它要完成这一过程。这就是种子的意志。人的意志呢? 就是要最大限度地创造生命的奇迹,去完成生命可能完成的功业,去创造可能创造的一切。如果懈怠，就是对生命意志的亵渎，就是对生命的否定。

这个人，他现在被按在旋转椅上，无处遁逃。他那么无助，那么沮丧，仿佛他是世界上最不幸的人。理发师的剪刀咔嚓咔嚓在头顶上翻飞。这是周一上午，整个理发店只有你一个顾客。理发店静悄悄的，不知哪里放着舒缓的音乐，更增加了静谧的感觉。面前这面明亮的大镜子，繁殖着空间，让人产生幻觉。你神情冷峻，如同法官。奇异的空间。一瞬间，你感到周围的物体都在消失，剩下的唯有你、镜子和镜中人。没有什么干扰你，你可以审判他了。或者，你接受他的审判。看似最荒谬的审判，其实最真实、最严厉，因为没有人比你掌握更多的证据，也没有人比他对你进行更有针对性的指证。

我们的生活丰富多彩，五光十色。我们无时无刻不在接受影像、信息。我们一刻也不让自己闲着，不是看电视，就是翻报纸，不是上网，就是看微信，再就是在虚拟世界聊天，和遥远的陌生人或者邻居不着边际地闲扯。我们越来越难以面对自我。什么也不干，在黑暗中坐上半小时，面对虚空，沉思默想，有几个人能做到？大卫·林奇写有一本书，名叫《钓大鱼》。他说一个人只有沉入潜意识的深海中，才能钓到大鱼。他经常静坐冥想，倾听内在的声音。他说："创意就像鱼。如果你想捉小鱼，留在浅水即可。但若想捉大鱼，就得潜入深渊。"又说，"当你潜入内在，自我就在那里，真正的快乐就在那里。"我认可大卫·林奇的方法，但我很少这样去做。王阳明强调知行合一，可是，要做到知行合一多么困难啊。我最大的敌人就是我自己。此时此刻，在大镜子前，我被动地面对自我了。于是，我看到了又熟悉又陌生的面孔，看到了另一个我。

我每个月都理发，每次都审视这个镜中人。除此之外，我很少审视自我。尽管每天早上刮胡子时都面对镜子，但没有审视。我只是在镜子里看看胡子刮净没有，对自己的面容则熟视无睹。我不习惯审视自己。曾子说一日三省吾身，我做不到，我一个月才这么反省一次，而且还是被动的。其实，向内看，根本不需要镜子，只需要静下心来，只需要独处的时光，只需要勇气。

瞧，这个人，但愿他拥有反省的勇气。

# 雾中风景

晚上 10 点钟,从咖啡馆出来,整个世界被雾包裹着,几步之外什么也看不到,只有球形路灯像一盏盏飘浮在天上的灯笼,看上去那么不真实。

更让人感到惊奇的是,在大雾之外,在高高的天上,在云端上还有一两个方块形的亮光,我知道那是高层楼上住户的灯光,可在这个大雾的晚上,你感觉他们简直就是住在遥不可及的天上。因为看不到楼房,看不到别的楼层,所以觉得那灯光是在云上,是和月亮处在同一高度。

我知道路的右边就是白河宽阔的水面,可此时你什么也看不到,那儿只是一团团的雾。路上没有行人,身边偶尔有骑自行车的人经过,他们从雾中钻出,又很快钻进雾中。路上车辆不多,都无声地行驶着,好像噪声被雾吸附了。

人走在雾中,呼吸着雾中清凉的空气,心是宁静的、平和的,

所有的纷扰、所有的忧伤都离你远去,你想一直就这样走下去,走
下去,走下去,直到世界末日。

# 春风沉醉的上午

　　上午，窗外的阳光就像小号中吹出的美妙旋律，带着金属质地，在空气中轻盈地飞翔。开春以来，阳光第一次这么强烈地诱惑着我，仿佛在向我允诺一连串不可思议的奇迹。我接受阳光的邀请，拿上一本新买的《译文》杂志，来到户外。地面上清晰地印着树干的影子，如同一幅幅静谧的水墨画。走在画中的感觉是如此……怎么说呢，如果你没有类似的经验，很抱歉，我是无法向你解释清楚的。生活中有许多东西是只能意会，无法言传的。此外，我也正在成为画的一部分，移动的部分。我看着自己的影子，心中涌出感激的柔情。是啊，我的心跳得比平时更为欢快，欢快得几乎要长出翅膀来。影子，影子中也有一颗心在欢快地跳动。

　　穿越北影厂深深的院落。突然一蓬洁白的花照亮了我的眼睛。我不知道这是什么树，它那么不起眼，以至于我每天都从这儿走，竟从来没有注意过它。它就在路边。它开放了。仿佛一夜

43

之间,它释放出了蕴藏整整一个冬季的激情。在灰暗的背景中,它那么明亮,像一束在夜空中爆开的焰火。这是一个奇迹!这时我多么想知道它的名字啊,我想把它牢记心间。可是,转念一想,知道不知道名字有什么关系呢,在记忆的仓库里多一个或少一个名词并不重要,重要的是形象,一个明亮的形象,一个完整的开花的树的形象。我将记住的是生机勃勃的缀满花朵的树,整个的树。

接着我看到了拱出地皮的小草,正如一首古诗中说的"草色遥看近却无",如果不仔细看,你会以为它们仍然瑟缩在另外一个季节中。这个上午,正是这个普通的周日上午,它们勇敢地将那个令人生畏的季节甩到脑后,进入我的视野,来到了我的世界。荏弱的小芽宛如婴儿娇嫩的小手在空中挥舞着。它们让我感到整个世界都是新鲜的,如同创世之初,上帝忙碌了六天之后大地呈现出来的样子。我仿佛初次来到这个世界,用全部身心感受着大地赐予我的惊讶。

我在篮球场旁边的石凳上铺张报纸坐下,沐浴着和暖的阳光,呼吸着带有青草气息的甜丝丝的空气,周身三万六千个毛孔无一个毛孔不舒坦。微风为我翻开书页,法国梧桐用粗大的树干遮挡住过于强烈的阳光,不让它直接落到书本上。古人说:"有工夫读书,谓之福。"此时我是有福的。我在读康素罗纪念她伟大的丈夫圣埃克苏佩里(童话《小王子》的作者)的一篇文章。文字太美了,以至于无法捕捉到它的美。因为美的文字就像穿着隐身衣的大力士,她将爱情的奇迹、期待的甜蜜、分离的痛苦、重逢的喜悦等情感搬运到我们心间,而你却看不到她的身影。一段生活。一场戏剧。康素罗说:"你在我心中犹如植物在地里。我爱你,你,我的宝贝;你,我的世界。"我合上书本,静静地坐着。好的文章像橄榄,让你回味。

春天总有意想不到的奇迹。此时,我左耳畔响起了爱情的独白,少女的声音如同一股清清的泉水,带着大地深沉的激情源源不断地涌出。我扭头看去,两个妙龄少女,一个坐在双杠上,另一个站在双杠下,她们正在旁若无人地练台词。练的是《罗密欧与朱丽叶》的片段。不用猜,我就知道她们是来京参加艺术院校招生的学生。这两天全国好几家有名的艺术院校都在北影厂设有考点。接着我右耳畔又响起了小鸟呢喃般的声音。又是两个少女,她们正坐在另一个石凳旁憧憬光明的未来,她们脸上放射着春天特有的光芒。这是两个刚参加完考试的少女,显然她们自己感觉考得不错。在这个放飞梦想的季节,愿她们都能如愿以偿。

这个春风沉醉的上午啊,你还有什么奇迹在等着我呢?

# 幸福,突然降临

8月份我和办公室的同事到内蒙古平庄煤矿采风,在主人的特意安排下,我们全副武装——穿上纯棉的工作服,脚上缠上棉布,穿上高筒靴,戴上安全帽和矿灯——下到300米深的地下,感受一线采煤工人的生活。这是一个国有煤矿,安全完全有保障。但矿井中的工作条件仅仅用"艰苦"来形容还是远远不够的。黑暗、危险、孤独、劳累、噪声、潮湿……每时每刻都伴随着井下工人。下矿井对我们来说,是新奇刺激的体验;对采煤工人来说,则是他们的日常工作。

这个煤矿的领导清一色都是从一线工人成长起来的,他们对矿工生活有深切的体验。矿长是个一米八的大块头,看上去像个绿林好汉,可就是他,在介绍矿工生活时,说到动情处竟流下了男子汉的眼泪。他说矿工生活是艰辛的,但矿工一个个都朴素、单纯、内心美好、热爱生活。他说到一个细节,令我印象深刻。他说：

"你们知道井下工人什么时候最幸福吗？"

我们在心中做了一些猜测，他不等我们说出来，就接着说道：

"井下绝对不许吸烟，所以矿工上来抽第一口烟是最幸福的。他们上来，第一件事是洗澡换衣服，往往，他们进入更衣间，来不及扒下工作服，就掏出烟点上，靠墙蹲着，或者坐地上，深深吸一口，这一口能将香烟吸去一半。这时候他们是最幸福的，那种陶醉，那种忘我，那种舒坦，真是没的说……"

离开平庄煤矿之后，我常常想起矿长的这段话，他在最艰苦的工人身上使用了"幸福"这样的字眼。毫无疑问，他是真诚的，而且他也完全理解幸福的含义。这让我想起苏联作家巴别尔的一则日记，他在这则日记中同样使用了"幸福"这样的字眼，我们来看看他是在什么情况下写下"幸福"这个词的。

他在 1920 年 7 月 19 日的日记中写道，他头天夜里因为胃内绞痛没有睡好，但从黎明开始，这一天就是行军，打仗，动员，再打仗，夜间再行军……"我越来越糟，三十九度八。"其间，吃了一片阿司匹林，迷迷糊糊在毁坏的房子里睡了两小时，真正得到休息是在深夜，"万物隐没在黑暗中，什么也看不见，林间刮来的冷风正紧，我撞到了马匹……我拖着病体在敞篷马车边的地上躺下，睡了三个小时，盖着巴尔苏科夫的披肩和军大衣，感觉很幸福"。

看看吧，在如此可怕的处境中，幸福也是存在的。高烧、行军、打仗、冷风等都不能妨碍一个以地为床的人感受幸福。他在日记中写下"感觉很幸福"时,大概还陶醉在那短暂而又甜美的睡眠中吧。幸福就是如此简单。

写到这里,我又想起童年时随父亲去邓县(今邓州)拉煤的经历。那是 1978 年的冬天,我十二岁,一天晚上,看完露天电影后,父亲让我坐到架子车上,在我身上盖上被子,父亲拉上车就上路了。第二天早晨我们来到邓县县城,那是我有生以来感到最寒冷的一天,双脚被寒冷一口一口咬着,疼痛难忍。装上煤之后,父亲拉车,我拉梢(就是在车旁边套根索带,像纤夫一般协助拉车),往家赶路。邓县县城离我们家九十里,走十五里我的腿就开始疼了,但我一直坚持走下来。在离家三十里的地方天就黑了。这时我们面前又出现一个大坡,我们拉不动,只好央求一个迎面而来的过路人帮我们推车。那位好心人犹豫一下,还是帮我们把一车煤弄到坡上,为此,他来回多走四里路。半夜时,我们在离家不远的一个山坳里停下来。面对最后一道坡我们束手无策。此时,天地黑暗,身旁的大山和不远处的村庄都难以看见。凛冽的北风呼啸着,很快就将我们身上的汗吹干,衣服像铁板一样冷。我们偶然发现路边有一个小小的土坯房,我们就蹲到墙角躲避寒冷的北风。这时又困又饿又冷,蹲了一会儿,感觉身上渐渐有了些温暖,不知不觉地沉入了梦乡。那时我感觉是多么幸福啊,呼啸的北风吹不到身上,甜蜜的睡眠降临了,而且那么温暖……我什么也不想,只想蹲在那个墙角美美地睡一觉,再做一个好梦。我们本来打算等到第二天早晨有人路过时请人帮忙,可是歇了一会儿后,我们的体力有所恢复,后来我们父子竟将那一车煤一点一点地盘到了坡上,并在黎明前回到了家。

多少年来,我一直忘不了那个墙角的温暖,忘不了我在那里体验到的幸福。是的,那是不折不扣的幸福。

后来生活发生了天翻地覆的变化,可我并没有感到太多的幸福。我想,在日常生活中我们感觉不到幸福,不是因为生活中不存在幸福,而是因为我们内心缠绕了太多的欲望,这些欲望腐蚀着我们的心灵,使我们不能轻松地感知幸福。我并不是要每个人都矫情地说自己幸福,刻意地回避生活的丑陋,而是说,我们不要忽略上天赐予我们的幸福,要幸福着自己的幸福,不要故意选择去做一个不幸福的人。

幸福源于简单的生活,只要心变得单纯,没有过多的不切实际的欲望,你就不难获得幸福。物质增加一分,幸福未必随之增加一分,但欲望减少一分,你离幸福必然就近一步。所以,让生活简单一些吧。

# 将军还乡谈往

## 一　鞋的故事

那时,他还是个懵懂少年,母亲去世了,他被送到南阳的亲戚家寄养。他第一次看到白河。一河白亮亮的水,波光粼粼,晃人眼睛。他瞅着河水,这些水要流往哪里呢? 他不知道。他无法想象一条河要走多远的路。河流的尽头是大海吗? 是天边吗? 会有多开阔或者多苍茫呢? 他只知道,水在河道里流动,千万年都如此,它们安于自己的命运。人呢,如果人是一条河流,会流往哪里呢? 河流也许有更多的秘密和心事,但河流从不诉说。他也不诉说,向谁诉说呢,无处可诉。一个少年,会有怎样的命运呢? 这不是他这个年龄能想明白的问题。或者说,这个问题只有上天知道答案。那天,他把鞋脱了,别在后腰间,在水中尽情玩耍,他和水成了知心朋友。当他要回家的时候,他发现鞋子只剩一只,另一只哪儿去了? 他找啊找,找了好长时间,天都要黑了,仍然一无所获。他只有这一双鞋。现在,只剩一只了,怎么穿。他再次看向苍茫的河水,河水悠悠而去。河流有多长,他无法想象。鞋子会变成一只小船去往远方吗? 六十多年过去了,再次到白河边,他又惦记起那只鞋子了。如果遇到占卜师,占卜师会告诉他,你以后也要顺着河流的方向走出这方小天地吗?

这是将军讲的一个关于鞋子的故事。他自己的故事。那年他九岁。他接着又给我们讲了两个"鞋子的故事"。

几年后,他十几岁,脚也长大了。当兵的哥哥回家探亲,送给他一个珍贵的礼物——一双黄球鞋。那时候,拥有一双这样的鞋,比今天拥有阿迪达斯或耐克更值得骄傲。一双阿迪达斯或耐克,只是一双名牌鞋而已,甚至不能吸引同伴的目光。而一双黄球鞋,那时候,天啊,会让你双脚放光。他舍不得穿。谁会舍得穿呢? 好东西是要藏起来的。不能炫耀,也不应该炫耀。这是我自己的,我知道它在哪里。它是我的小太阳,它只为我发光发热。它让我心情大好。它让我对未来充满信心。它让我感到生活甜蜜。它让我……脚上的布鞋也像攀上好亲戚那般眉开眼笑。一天,下雨了,该黄球鞋上场了。黄球鞋不怕泥。穿上黄球鞋,果然走路轻快,不怕泥。雨后,又将鞋洗净收起来,放床下。一天后,再看时,鞋不翼而飞了。那鞋,谁都想要。可惜我只穿一次便丢了。"哥哥一年发一双鞋,两年才能省下一双,要想再拥有一双黄球鞋,至少还要等两年。"将军说。第三个鞋的故事很简单。1958年大炼钢铁,他是初中二年级学生,在老师带领下到马山口镇炼铁。那时候天天"放卫星",天天报喜。赶英超美。人有多大胆,地有多大产。离共产主义还有多少里? 跑步进入共产主义。跑步,跑步,鞋帮磨破,脚磨出茧子。再跑,鞋底就会磨没。也许我鞋破不跟脚,跑不快,老师看到我的脚底板,说,你需要买双鞋。我不会买鞋。老师领着我上街。看到一个妇女在边纳鞋底边卖鞋。这鞋多少钱? 一块二。老师问我有多少钱? 我只有一块。老师说:"他是没妈的孩子,他只有一块钱,你卖给他一双好不好?"那女人看看我,眼中有母性的柔情,她说:"好,拿去吧。"

## 二 老师的故事

我与将军一同回乡参加一个活动,有几天时间朝夕相处,听将军讲了许多故事。其中,将军在不同场合讲得最多的是他的校长。活动结束,他只给自己安排了一个行程,那就是去南阳看望他的老校长——杜如楼。

将军说:我上高中,正是三年困难时期,每月定量十三点五斤,没有副食,天天饿得心慌。一天,杜校长将我叫到他的办公室,问我能吃饱吗,我说吃不饱。他给我三十斤学校内部代粮票。

他说都是粗粮,没有细粮。我每天给自己加一两,感觉好多了。过段时间,校长在校园内碰到我,问道,补助的粮食吃完了吗?我说还有不少。他说,不要舍不得吃。不管你有没有,再给你补三十斤。正是这六十斤粮食帮我度过了三年困难时期中最难过的饥荒。校长呢?他自己却饿得浮肿……

这位杜校长在内乡县有着非常好的口碑,有学问,不怒自威,学生对他都很敬重。我是后生晚辈,虽然上的也是内乡高中,但没有机会受教于杜校长,很是遗憾。

并非所有老师都像杜校长那样关爱学生。将军说起他的一个班主任,教政治的,就是另外一个形象。将军说:一天,我在校阅览室看到《人民日报》和《解放军报》报道空军事迹,用的通栏标题是《大鹏展翅恨天低》。那时全国人民学解放军,解放军学空军。这句话振奋人心。我一时心血来潮,将这句令我振奋的话写到黑板上。班主任发现,找我谈话,问谁写的,我说我写的。他说社会主义的天是晴朗的天,天高任鸟飞,你怎么恨天低?我说这是《人民日报》上的文章标题。我想这下他该没话说了吧,不,他还有词,说人家有人家的意思,你什么意思?我说我就是《人民日报》那个意思,我欣赏这个意思。幸亏我是贫农出身,否则,真不知道还能不能继续读书。"文革"到来,听说我这个班主任带头造反,批斗校长,手段残忍。"文革"后,他受到清算,去校长家请求原谅。校长说,过去的事就让它过去吧,原谅了他。校长夫人说,

53

他那么坏,干吗要原谅他! 校长笑笑,何必和他计较呢。你瞧,杜校长的胸怀!

## 三  姐姐的故事

将军讲起他姐姐的故事,满怀深情和骄傲。将军姊妹六个,他上面有大姐和两个哥哥,下面有一弟一妹。母亲去世时,他的妹妹仅一岁多,就送人了。弟弟仅五岁。父亲不让在初中一年级上学的姐姐再学下去,让她在家照看弟弟们,操持家务。他姐想上学。她向父亲保证做饭、做衣服这些家务活都干,还带好弟弟。老师也到家里做工作,说姐姐学习好,不上可惜了。父亲只好同意她继续上学。于是,姐姐每天起早贪黑忙家务,带着最小的弟弟上学。在学校吃午饭时,把自己那份分给弟弟吃,其他同学也都争相拨拉饭来给弟弟吃。全校都知道,有个女生带着弟弟上课。

我的转述干巴巴的,传递不出将军话语中的温情。下面,我还是引用将军的话吧。

将军说:我姐后来考上了北京中医学院,学医。我母亲去世早,连得的什么病都不知道。所以我姐立志学医。在学校,她没有褥子。一条被子,铺一半盖一半。老师检查宿舍时,看到了,问这个床上的褥子呢? 是不是拿出去晒了? 当得知我姐根本没有褥子时,老师说我们太官僚了,学生没褥子都没发现。后来,老师

54

帮着申请布票、棉花票,给我姐做了一个新褥子。

我上大学二年级时,我姐大学毕业了。她说她是国家助学金供养出来的,她要报效国家。她填的志愿是青海、西藏、新疆,她要到最艰苦的地方去。她用木板钉了一个箱子,准备托运行李。分配结果出来,她留校。一个北京籍的同学分到云南,说家里困难,想和我姐换换。我姐同意。他们一块儿去找学校管分配的老师,老师说,这是有政策的,集体研究决定的,能是你们说换就能换的?最终不同意调换。我姐留校了。

我上大学时,享受较高助学金,每月十六点五元,除了伙食费,还有一元零用钱。一天我收到一张汇款单,是我姐寄给我的。五元。我姐参加工作了,工资四十六元。我找辅导员说我姐给我寄钱了,我的助学金可以减少。辅导员问我减多少,我说我姐给我寄五元,就减五元吧。于是我的助学金成了十一点五元。两个月后,辅导员找到我,对我说,我们观察了,减五元多了。你姐刚毕业,工资不高,你家里有老父亲,还有弟弟,她自己还要生活,她不能帮你很多,我们觉得给你的助学金减多了。于是,又给我加二元,我的助学金变成了十三点五元。这就是那个年代的学校,那个年代的老师!

将军讲鞋子的故事、老师的故事、姐姐的故事,像拉家常,语调平缓,不夸张,不渲染,甚至也没有感慨,有的只是温暖,然而令人难忘。苦难经过岁月的淡化,已无伤感的痕迹,有的只是感恩与理解。别有一番滋味。这些故事像清泉流经心灵,让心灵为之净化。那是个纯真时代吗?我不这样看。但像高中的杜校长、大学的老师们和将军姐姐等人,无疑是有着纯真心灵和高尚情怀的,他们普普通通,但身上有光芒,能照亮别人。与将军在一起数日,从没听将军谈起他的功业,也可能他回到久别的家乡,往事蹿涌,他讲的全是这些小故事。这些小小的珍珠,自是珍贵的。小故事中蕴藏的情感和精神,却不能用小来形容,它是有力量的,正如种子有力量一样。

# 随想:384 年前的雪夜

闲来翻书,看到张岱的《湖心亭看雪》,意境极美,令人过目不忘,文曰:

> 崇祯五年十二月,余住西湖。大雪三日,湖中人鸟声俱绝。是日,更定矣,余拏一小舟,拥毳衣炉火,独往湖心亭看雪。雾凇沆砀,天与云与山与水,上下一白。湖上影子,惟长堤一痕,湖心亭一点,与余舟一芥,舟中人两三粒而已。

不足百字,写景如画。这画自然是中国的文人画,借自然而抒情,体现中国古代诗人的天人观。且看"天与云与山与水,上下一白",何等辽阔,浑然无别。细看茫茫白色中,只能辨别出这么点儿灰黑的影子:一痕,一点,一芥,两三粒。读者对中国文人的山水画大概都不陌生,画山画水,往往点缀一亭子,一人或二三人,人在画中极小,与山水融为一体。这就是中国画家的观念,人既是感受自然的主体,同时也是自然的一部分,也就是说,是被感受的客体。"芥"指的是舟如芥菜籽般大小,"粒"指的是人如灰尘般大小,使用独特的量词兼带比喻,非独只是单纯的量词而已。

西方文人不可能写出这样的文字。盖西方观念强调个体,人是观察者和感受者,由作者位置看去,"长堤一痕,湖心亭一点"是准确的,但形容自己所乘之舟为一芥,舟中人两三粒则不准确。科学言之,远处之物看上去小而模糊,近处之物看上去大而清楚,所以不会用"芥""粒"来形容所乘之舟和舟中人。中国观念却不同,强调的是整体,而非个体。作者此时的精神已跳出自己身体,遨游于空中,或驻留于岸上,所以才看到舟如芥子,人如尘埃。东方式审美中,人既是活泼泼的行动者,大自然的感受者;同时,又是渺小的,是自然的一个小小的元素,隐于自然之中,如一粒尘埃。

崇祯五年,公元 1632 年,距明亡还有十二年。江南一带还沉浸在绮梦之中。张岱说他"少为纨绔子弟,极爱繁华,好精舍,好美婢,好娈童,好鲜衣,好美食,好骏马,好华灯,好烟火,好鼓吹,好古董,好花鸟"。张岱此时三十多岁,国未破,家未亡,精力充沛,正是享受生活、追求品质的年龄和时候。他不寂寞,他是"忘我"。"我"已融入"长堤一痕,湖心亭一点,与余舟一芥,舟中人两三粒而已"的自然之中。

网上搜一下,《湖心亭看雪》还有一段,也写得很美,令人击节叫好。文字不多,抄录如下:

到亭上，有两人铺毡对坐，一童子烧酒炉正沸。见余，大喜曰："湖中焉得更有此人！"拉余同饮。余强饮三大白而别，问其姓氏，是金陵人，客此。及下船，舟子喃喃曰："莫说相公痴，更有痴似相公者！"

张岱本自去湖心亭看雪，不意遇到更有雅兴之人，对方见张岱，不觉感叹：湖中焉得更有此人！其实张岱心中何尝不是如此感叹。风雅之人，心境如一，惺惺相惜，一同饮酒，岂不快哉。看雪有此奇遇，真不枉良辰美景。我们想象那先张岱一步、在湖心亭铺毡对坐的两人，如果他们夜晚归去，也有写日记的习惯，他们自然也会写到张岱。他们眼中的世界虽与张岱看到的是同一世界，但心性不同，写下的文字也会不同，当别有一番风味。能看到这样的文字该有多好，可惜啊，看到这样文字的概率微乎其微，等同于零。

张岱两段文字，合起来不足二百字，细品，意味无穷。审美层面，体现了"留白，少即是多"等东方意趣。哲学层面，体现了天人合一、物我两忘的思想，这思想渗透在文人的骨子里，随手拈来的文字，莫不浸淫此思想。

遥想三百八十四年前那个雪夜，颇似一个水墨动画短片，寂静中，一舟泛湖，天地皆白，"一痕"宛在，"一点"不动，"一芥"缓缓前移……怎能不令人悠然神往呢？

在"蛰居山庄"之时，颇有寂寞之感。我之所以想起张岱，不独想起他的《湖心亭看雪》,还想到他自撰的墓志铭中的话,"年至五十,国破家亡,避迹山居"的落魄,又一声叹息。再者,文字之流转自是奇妙,所过之处,不同境遇中的人仿佛能一同呼吸与慨叹。西湖何年不落雪,唯那一场雪是永恒的,在我们阅读张岱时不停地落下。

# 有座古寺，名叫慈云

　　热。不是一般的热。当然，也不是豪情万丈的热。没那么夸张。就是热得人不想下车，不想走路。下车就一身汗，走路就汗流浃背。这个词用到这儿太准确了。

　　车停下来。还是得下车。坐车坐了好久，盘山公路绕了好久，目的地就要到了，不下车像什么话。

　　一车人——共二十几位——都下来，在水边慢腾腾地走。好大一泓水，不知有多深。据说人们多在水中放生，常有甲鱼爬到大石头上晒太阳。今天没见甲鱼。水面一丝波纹也没有。爬一段山路，过一座铁索吊桥，再爬山。尽管是山里，不似山外那般热，但是爬山也要命，每个人都张大嘴喘气。呼出来的是热气，吸进去的同样是热气。没有风。下午两点，正是一天最热的时候。太阳火辣辣的，蝉鸣像金属一般锐利闪光。坚持，慈祥的云在向我们招手。

61

果然,一抬头,慈云寺到了。好安静的一座古刹!游人很少,僧人也很少。树木森森,庭院深深。四望皆山。慢慢地走和看。寺院维护得很好,处处都像是原来的样子。我当然不知道原来什么样,只是由此可以想见。

同行的朋友介绍说,这个寺院是民间第一寺,碑载,始建于东汉永平七年(公元 64 年),建寺的是两个僧人——摩腾和竺法兰。唐朝时,玄奘奉敕重修。鼎盛时有僧五六百人,香客如云。

摩腾和竺法兰让我想到《乌龙院》中的两个和尚:一个高高瘦瘦,一脸严肃;一个矮矮胖胖,笑口常开。二人个性鲜明,如同水火,却是形影不离,有难同当。我对摩腾和竺法兰没有不敬之意。我这样想,只是在心中让他们鲜活起来,可爱起来。

想象两千年前,两个僧人跋山涉水来到这里。比如说天气也像今天这么热,他们的僧衣被汗水湿透,能拧下水来。山间无风。蝉噪林逾静,鸟鸣山更幽。林莽之中也许还有野兽出没。沿着樵夫的小路,或者野兽的蹄印,往高处爬,爬,爬。高处,高处,更高处,才能看清山川形胜。此时,支撑他们的是什么? 当然是信念。或者还有别的,这一趟不能白跑,要不汗就白流了。或者,一种幻象。比如一个说,我看到一座宏伟的寺院静卧山中,香烟缭绕,香客云集。另一个说,你不会是做梦吧,我怎么没看到? 一个说,你会看到的。另一个说,你指给我看。一个往山坳中一指,那里。天啊,我们真要在这里建寺院吗? 另一个说,你可想好了,这可是非凡的工程。怕什么,只要我们发下宏愿,没有办不到的事。真的吗?真的。两个人一击掌,耶,就这么定了,在这儿建个寺院……于是有了慈云寺。

这个想象比较卡通,建寺院可不像"上帝说要有光,于是有了光"那么简单。没那么容易。西方的大教堂有建数百年的,我们的寺院虽说没建那么长时间,可在两千年前,在山峦层叠的林莽中辟出一块地来,建这样一处寺院,其艰难险阻还是无法想象。

再一个想象,自然和玄奘有关。也就是《西游记》中的唐僧。唐僧取经回来,皇帝说那儿有个寺院,已经破败了,你去修一下吧。皇帝开了金口,岂能不答应。再者,修寺院可是功德无量啊。于是——一说"于是",我就想说结果,这个词好有速度感啊——唐僧来到慈云寺,主持重修工作。当然,悟空、八戒、沙僧会来帮一把,毕竟曾经是一个团队的,共过事,患过难,为同一个目标奋斗过,不帮说不过去。这纯粹是演义了,就像《西游记》是演义一样,演义虽然不免荒唐,但是理是那么个理。《西游记》说了唐僧取经艰难,百折不挠,没错吧。玄奘重修寺院,也是不错的,不管谁帮他,总得有人帮,一个人是修不成寺院的。

由玄奘重修寺院,我们知道慈云那时如果不说毁坏,至少也是破败了。从东汉到唐,五六百年,寺院经历劫难也算正常。后来据说也屡毁屡建,现在的寺院是民国时维修的。寺院里竖了许多功德碑,皆是重修之纪念。

有人说佛教是半哲学半宗教,或者,亦哲学亦宗教,其言不谬。我们的传统文化,有三大组成部分:儒,释,道。佛教早已渗透进我们的血脉之中。佛教有许多教导,教我们如何看待名与实,如何看待权力与财富,如何看待生与死,如何看待人与自身的关系,如何看待人与他人的关系,以及如何看待人与世界的关系,等等,这是智慧,得其三昧,则能使我们在纷扰的世界中把握好自己,不被现象所迷惑。寺院宝地,游玩和感受,也许一副对联,一个故事,一个偈子,乃至佛像的一个眼神,一个手势,就能让你醍醐灌顶,受用不尽。这就是我们这么热的天,到寺院游玩的兴致和动力。

下山走的是另一条道,与上山相比,可说是坦途了。我们一个个衣服全湿了,但都不觉得累,似乎也不觉得热。各人收获,自在心中。我收获了什么呢?好正经的问题啊!不过我还是愿意卡通一点回答,我见到了摩腾、竺法兰和玄奘。信不信由你。

# 李庄的安静

李庄安静得像个熟睡的孩子。我们一行到李庄时，天已傍晚，光线被白天收起，夜幕正在徐徐降下。街灯亮了，照得长长的街巷像个光的隧道。隧道之外，是黑暗的领地，看上去仿佛不存在一般。

一街两行，全是客栈和店铺。客栈灯火通明，店铺大多仍在营业。游人不多，非常安静。湿润的空气像吸墨纸一样吸去声音。我们在客栈安顿下来，就去吃饭。吃饭的地方不远，接待人员让我们坐摆渡车。两分钟就到了。我简单吃了一些，因为有事，提前离席，返回客栈。

一个人走在光影迷离的街上，感到既熟悉又陌生。熟悉是因为我想象并梦到过李庄，是这种气息，沉静、安闲、低调。陌生是因为这个地方蕴藏着难以言说的力量，从容、自信、开放、包容。这种印象，在随后的参观中不但没有减弱，反而更加强烈。直觉，或者说第一感,往往惊人的准确。

这天晚上,我有一个电话会要开。可以说躲进小楼成一统。没能夜游李庄,也没能和朋友们一起喝酒神聊。电话会开完,已是深夜,只好上床睡觉。夜,自是安静,没有一丝声音。街上偶尔有人说话,反而更衬托出这份安静来。

早上起来,下楼。窗外一片明亮。猛然抬头,一条大江横亘眼前,着实令我吃惊不小。哇,原来窗外就是长江!江水静静流淌,没有丝毫波澜,江面像少女的皮肤一样光滑。昨天入住客栈时,没看到长江,长江隐在苍茫暮色中。夜里,没听到长江,长江在温暖的大地上沉睡。长江在这里,竟是如此安静,如此低调。夜色,像高明的魔术师,黑袍一抖,把长江藏了起来。走出客栈,便看到码头,码头上停泊着一艘可容纳百人的大船。船上看不到人,也没有要航行的迹象。大船旁边停一条小木船,一个渔佬挑一鱼篓正朝小船走去,一会儿,小船会划走吧。欸乃一声山水绿,船入江心四面阔。

到昨晚吃饭的地方,竟是隔窗就能看到长江。昨天错过了,今天多看一眼。江上雾霭沉沉,对岸山色朦胧。再远,便渺不可见。

李庄,终于完全展现在眼前。这个江边小镇,号称"万里长江第一古镇"。建筑多为明清风格,风火山墙,雕花门窗,古朴典雅。即使新建的酒肆客栈,也是仿古形制,与古建浑然一体。来之前,我知道李庄是长江边上一古镇，没想到离长江如此之近，可以说，完全傍着长江了。

最早知道李庄，是因看了岳南的《南渡北归》。这本写民国以降知识分子命运的书，记述了颇多令人感慨的人与事。其中，写到抗战时期，一批大师迁到李庄，在李庄度过了六年平静而艰苦的生活。这里面随便列几个名字都可谓如雷贯耳。如梁思成、林徽因夫妇，如大学者李济，如考古学家梁思永，如甲骨文大家董作宾等。此外，傅斯年、李约瑟、梅贻琦等都到访过李庄。那时候，李庄的交通主要靠水运。好在有条长江，物资、人员皆可走水路。史语所所在的栗峰山庄，从码头上去，要爬五百多级台阶，对那些上年纪的学者来说，出入皆不轻松。书中多次写到李庄，便记住了这个有着九宫十八庙和大片庄园的地方。随着阅读，头脑中便浮现出长江、古镇、葱郁的植被和袅袅炊烟。那时候，大半个中国沦陷，昆明屡遭轰炸，一些学校和科研院所奉命再迁。同济大学先迁到李庄。当时，同济大学看中的是南溪县。南溪县的官员和乡绅说庙小供不起大菩萨，予以拒绝。李庄的开明士绅向同济大学伸出橄榄枝，发去十六字电报："同大迁川，李庄欢迎，一切需要，地方供给。"于是，三千人的李庄，接纳了上万的同济大学师生。随后，史语所、营造学社等一批机构也迁到李庄，李庄一下子热闹了，出名了。据说，外国寄来的信件，只要写"中国李庄"，就能送达。

在我的想象中,李庄自是安静的。中国东部自北到南炮火连天,华北放不下一张平静的书桌,长沙放不下一张平静的书桌,昆明放不下一张平静的书桌。李庄呢,应是能放下一张平静的书桌。我想日军不会将炸弹丢到这个偏僻的小镇吧。可据梅贻琦日记记载,这里也有警报,且有"隆隆"的轰炸声。

在李庄的几天,我们参观了东岳庙、张家祠、胡家院子、祖师殿、席子巷、梁林旧居、旋螺殿、栗峰山庄、奎星阁等。每个景点,虽然游人如织,但仍然是安静的。在东岳庙,我们看到的不是神像,而是同济大学的课桌,听到的是师生为村民普及科学知识的故事。在梁林故居,我们看到梁思成和林徽因艰苦生活的场景,每个人都屏息静气,怕打扰梁林的生活和工作。栗峰山庄在一个幽静的山坳里,前面有一方池塘,塘边有几只鹅大摇大摆地走着,不叫一声,万物都是安静的。看到介绍说,李济两个豆蔻年华的女儿因缺少药品,一个死于路途,一个死于李庄,心便沉痛起来。

在李庄,到处是"下江人"(李庄人称长江下游的人为下江人)的身影和故事。正是同济大学和一批高级知识分子的到来,使李庄成为今天的李庄。九宫十八庙的李庄,变成了庇护高等学府和学界大师的李庄。中华文明数千年来不知经历过多少浩劫,之所以能存留下来,一次次浴火重生,我想正是得益于许许多多个"李庄"的庇护,得益于许许多多个梁思成、林徽因、李济、董作宾"为往圣继绝学"的薪火相传吧。在李庄,同济大学培养了一批批人才,梁思成写出了《中国建筑史》,董作宾解读出甲骨文的年代谱系,等等。我有时突然会冒出这样一个想法:那时生活困顿,条件极差,一帮人在这里苦中作乐,事业精进,他们一定渴望早日出川,回归正常生活,大展宏图。设若,他们能够预知未来的风浪,他们大概会无限留恋李庄吧。当初发出电报的著名乡绅罗南陔先生,假若能够知道等待他的命运,他也会无限留恋与"下江人"相处的这六年时光吧。历史不容假设,但后人睹物思人,不能不发一番感慨。命运,这沉重的东西,也让李庄变得安静。

离开李庄时,细雨霏霏,润物无声,建筑、树木、石板路都湿漉漉的,长江烟波浩渺,静静流淌。游人有打伞的,有不打伞的,皆从容安静地走着看着听着。江边有一个球场,一群学生在打篮球。这是我见过的最美的学校球场。此时,是四月中旬,我想到林徽因诗句中的"人间四月天",无尽的美,这五个字便传达了。四月到李庄,是最好的时节吧。一趟多么美好的旅行啊!

车沿江而行,开出一段距离,回头看,李庄已隐身于山林之中,安静得像个熟睡的孩子……

# 在阜平,我看到……

在阜平,我看到群山环抱,路在山的褶皱中蜿蜒,山上多是灌木丛,没有高大的树木,由此知道山其实是贫瘠的,土层很薄,无法像大兴安岭那样生长参天大树,但有灌木也不错,至少可以涵养水土,使群山看上去不那么荒凉。灌木在过去的岁月会被人们砍回去烧火,现在不会了,人们有烧的,不需要上山砍柴,是以灌木得以自在生长,自由享受阳光雨露。

在阜平,我看到山坡上有大片大片的太阳能板,像镜子一样,收集阳光的热量,转化为电力。据说是扶贫项目,政府贷款给农民,建设太阳能发电,电由国家收购,农民可轻松获益。

在阜平,我看到一种青翠的蔬菜,长势喜人,我不认识那是什么蔬菜,问同行采风的朋友,多数不认识,最后有认识的告诉我,这叫莙荙菜。吃叶子吗?不,吃茎。叶子呢?叶子喂猪。很快就吃到了这种菜,好像一转身,菜就从地里跑到了餐桌上,还带着阳光的味道,果然好吃。

在阜平,我看到"一号院"中有块巨大的山石,仿佛是从盘古开天辟地以来就在那里,经历无数岁月和风雨,它存在着,一言不发。我突然想起《天才在左,疯子在右》中的一个故事,说石头是有记忆的,它记住的是大尺度的时间,比如千年为一瞬,人的一生在石头的记忆中如蜉虫过眼,难以留下痕迹,不由得发出感慨。不过,我相信与石头相比,人的记忆是鲜活的,我喜欢记住独特的画面和生活的细节。比如此刻,院中的游人,屏幕上播放的内容,等等。

在阜平,我看到"二号院"有条小巷,穿过去,可以捎近①回到住宿的地方。从人家院子里过合适吗? 我虽然这样问,还是和朋友一起从那里过去了。天要下雨,我们想早点回去,这算是理由吧。我们采访过"二号院"的主人,一个和善的老太太,她会予人方便的,要不,这条路早就不存在了。院子整洁,是理想中的农家小院。临近黄昏,炊烟升起,鸡鸭回笼……

在阜平,我看到一个细雨中的村庄,像水墨画一样意境幽远,人们一点也不慌张,从容干着各自的活计,街上有游人,游人也不打伞,从容地逛着,享受着山村的闲适和恬静,还有细雨的润泽。

在阜平,我看到一片崭新的高楼,矗立在风景优美的山坳中。

---

① 方言,意思是抄近路。

一块大石头上刻着村名——龙头新村。初看到这片楼房,我产生错觉,以为是某个城郊楼盘。其实,这是一个易地扶贫安置点。也就是说,政府建新楼房,让住在山里的村民搬出交通不便的深山区,住到交通便利的新村。这是改变贫穷的根本性措施之一,在全国多地实施。我见过一些新村,但我从没见过这么漂亮的新村。如果不是四周的大山提醒我,我还以为这是大城市中的某个楼盘呢。

在阜平,我看到新村一楼住户门前摆放着一盆盆盛开的红花,花呈喇叭状,但不是喇叭花,喇叭花我认识。问门口的老太太,这叫什么花,老太太淡然地说不知道。我猜那不是她家的花,应该是村里摆放的。是一直摆放在这里,还是之后要收走,就不得而知了。

在阜平,我看到老太太转身回到家里,两名采风的同事跟进去,要做深度采访。她们在老太太家里待了很久,误了下一个采风项目,我们要离开新村时,她们才姗姗来迟。从她们那里,我知道老太太有一个瘫痪卧床的儿子,由她照看。从她脸上的表情我们看不出什么,至少她没有被生活打败,她没有表现出一丝一毫的沮丧。是坚韧,还是认命,我无法区分。也许二者都有吧。生活,并不是简单的词语所能概括的。所能想象的是,她替儿子喂饭、擦洗、翻身之后,可以出来在门口平静地看看花,看看天上的云,听听鸟叫⋯⋯听到她的情况,我们有片刻的沉默。沉默中,每个人心头都有一番难以形容的滋味。我,则想,"母亲"这个词包含了多少内容啊。

在阜平,我看到一户人家的墙上挂有鲁迅先生身穿长衫、左手背后、右手持烟的站立画像。这个简笔画像很传神,我似乎在印刷品上看到过。这是真品吗?一位采风者问。主人说是真品。画上的题字是"鲁迅先生诞辰一百周年敬画",落款是李琦。百度一下李琦,果然画有多幅鲁迅先生的画像。风格就是这种风格。字和落款,也是李琦的。再看李琦经历,曾在晋察冀生活和学习过,1950 年入中央美院任教。有了这些渊源,是李琦真迹也说不定。主人详说画的来历,我们姑且听之。不管怎样,一帮作家在农民家中看到一幅鲁迅先生的画像,还是觉得蛮亲切的。

在阜平,我看到一户搬迁人家的新居,一切都是崭新的,门楣、墙壁、家具、摆设,等等,都是新的、干净的、整齐的。像新娶来的媳妇,带着些兴奋,也带着些不适应,但终究知道这就是家,必须融入其中,心便渐渐踏实起来。新居中没有一件旧家具。靠墙的一个大立柜引起我们的注意,因其突兀和庞大。问起来,主人说也是新买的。你们的旧家具呢?主人说都不要了,孩子们看不上。不心疼吗?主人笑笑,算是回答。不知出于什么样的心理,我特别想在这个新居中看到一件旧家具,旧家具也许不好看,也许和新家不协调,但旧家具附带着一个家庭的历史和记忆,那是一份情感,不能抛弃的。可是,新居中没有旧家具的容身之地。

在阜平，我看到一个小小的工厂。这正是我要寻找的。集中居住，旧房拆除，土地流转，那么，人们以什么为营生呢？人是需要劳动的。青壮年可以出去打工，留守的人终究要做点什么。工厂，特别是劳动密集型的小工厂，几乎是必需的。厂房建在一个地势稍高的地方，全钢结构，铁皮墙壁，刷蓝漆，醒目、亮丽。厂房说大不大，说小不小，能容纳百名工人。工厂是作为扶贫项目引进过来的。如果没有政策扶持，很难想象有人会来这里建一个小小的工厂。别看这样一个小小的工厂，背后不知道凝结着多少基层干部的心血。有这样一个小小的工厂，这个新建的搬迁村的生活便充实起来。

在阜平，我看到二十多名女工正在加工一种帽子。由半成品加工成成品。帽子样式古怪，两边带两个护耳。有人试戴一下，看上去很滑稽。这帽子销往哪里？出口。也许是出口俄罗斯吧，只有寒冷的地方才需要这样的帽子。我们的参观并没有影响到女工们的工作。她们乐意和我们交流。这帽子卖多少钱？她们说不知道。她们只负责加工。每人一台电动缝纫机，她们一天可以挣七十到一百元。能在家门口上班，自然比出远门打工要强。

在阜平，我看到工厂管理人员是一个南方小伙子。他说话有南方口音。他被派到这里，负责管理。他向我们介绍了工厂的基本情况，包括工人工作时间、如何计酬、收入情况，等等。他是否结婚，不得而知。这里，对他来说，自然是异乡。他适应吗？他说这是工作，口气带着无奈。这里没有城市的灯红酒绿，夜晚大概也很安静，他想家吗？我想，在中国，在大山的褶皱中，在不起眼的小乡村，在无名的小地方，有无数这样的小伙子，出于工作的需要，或者挣钱的欲望，默默地耕耘，带给地方以变化，带给人们以希望。

在阜平，我看到村子中间的建筑，墙上刷着标语，院中升有国旗。那是什么？陪同人员说是活动中心。有图书室，有棋牌室，有乒乓球室，等等。室外有健身器材。村子里该有这么一个地方，供人们休闲娱乐。如同农村的饭场，或打麦场，是乘凉、交际、讲鬼狐故事的地方，也是乡村价值传承、伦理形成、吹牛、八卦的地方。这个地方应该让人很自在。自在，这是个简单而又奢侈的词，是人存在的理想状态，意识到自我，意识到存在，觉醒而不刻意，万物安详，万事顺遂，"我"不强求，也不消沉，自然而然，任时光如水流去。

在阜平，我看到楼前楼后种有蔬菜，辣椒、西红柿、莴苣、豆角、南瓜，等等，或红、或白、或青、或紫、或黄……生机盎然，芳香四溢。城里种花草，这里种瓜果，别有风味。粮食和蔬菜都是农民关心的，粮食好说，可以囤一批。蔬菜呢，就这样种出来，他们说那是有机的。农民也知道要吃有机的，或者说，农民从来都是吃有机的。记得小时候，每家有一片菜地，自种自吃，从挖地、耘土、下种、移苗、浇水、除草、捉虫，到看着小苗一天天长大，贡献出嫩绿的叶子,或者开花、结果,贡献出果实……因为参与整个过程,所以懂得珍惜。

在阜平,我看到一个荒山变成了花果山。山上种的全是果树,横平竖直,整整齐齐。果树上果实累累,一派丰收景象。什么果?香梨。引进的优良品种,由农科大专家指导种植。专家让间距一米栽种,他们认为太密了。专家说,既然请我,就要听我的,不听我的,我就走。很有个性。那就听专家的。果树果然很密。正是果实成熟季节,主人请我们品尝,香甜可口。谁把荒山变成了花果山?是一家大型房地产公司。七年前,省里号召五家大型公司对口扶贫阜平。这家房地产公司便来种树了。负责人告诉我,这种扶贫模式,土地流转——政府有钱收;农民每亩地每年八百元,一次性付给四年——农民有钱收;再者,农民可以在果园劳动挣钱,相当于农业工人。企业呢?负责人没告诉我企业的收入情况。他私下透露,企业的收入主要靠盖房子,他指给我看,那一大片房子是他们盖的。我明白了其中的逻辑。

在阜平,我看到一张田华的照片,那是她20世纪80年代回阜平时照的。田华战争年代曾在阜平待过。据说田华回京后去看望聂帅,向聂帅汇报,老区人民还是那么好,老区人民还是那么穷。聂帅听后,久久无语,最后说,阜平不富,我死不瞑目。抗日战争时期,阜平是模范根据地。那时候,阜平县人口不足十万,却养活了八万多抗日战士。阜平县革命战争前后有两万人参军,牺牲五千人。就是这样一块为革命做出巨大牺牲的地方,几十年来一直贫穷。扶贫攻坚以来,这里才发生了翻天覆地的变化。

在阜平,我看到年轻的县委书记。他和我们一起在地摊吃烧烤,海阔天空地聊天。县委书记和一群作家也能找到话题来聊。他不知用了什么魔法,和我们聊得很热烈,看似随意,不着边际,聊天之后,我们都对阜平的干部作风、历史地理、风土人情、扶贫攻坚,等等,有了深刻的认识。他精力充沛,谈锋甚健,智商情商都很高。他很快就和我们打成一片,称兄道弟。他一点也不矜夸成绩,只是展望未来,为我们描画阜平的美丽愿景。那种自信、决心和踌躇满志的劲头,仿佛在说,没有什么人间奇迹不能够创造。我想起老家的县衙的一副对联中有这样的句子:"勿说一官无用,地方全靠一官。"县委书记对地方经济文化发展举足重要。

在阜平,我看到一些官员和百姓并无二致。也就是说,官员和百姓在一起,如果不给我们介绍,我们很难分辨出来哪位是官员,哪位是百姓。河北作协主席关仁山就闹过笑话,他去找一个乡长采访,人们指给他说,在那边,一群人中间。他误把一名百姓当成了乡长。乡长太土了,他说。扑下身子的乡长,风吹日晒,和农民已经没有区别了。后来,我们见到这位乡长,他的穿着、气质,还有憨厚的笑,都是一个活脱脱的农民。

在阜平,我看到大棚里种出来的灵芝,简直要惊掉下巴,因为太壮观了,可以说遍地都是。拍出来照片,人们肯定会说是假的。

的确,看上去,一棵棵肥硕、鲜艳,很像漂亮的塑料制品。如果让我看到这样的照片,我也不会相信。可是,在大棚里,看到它们如何从菌袋里拱出来,你就不得不信了。传说中的仙草,难得一见之物,在这里竟是如此平常。

在阜平,我看到……

# 走进黄姚就是走进梦境

走进黄姚就是走进梦境。雨霁天晴,空气湿漉漉甜丝丝的,树叶尚在落下水滴,游人已收起雨伞,鸡子从屋里出来在墙根刨食,鸭子在河里悠游。街巷的黑石板路刚被雨水洗过,像砚台一样温润,薄薄的水皮上光影浮动,变幻无穷。蓦然间,一片光亮升起,登高瞭望,浮云散去,远山露出真容,青翠如黛,水汽缭绕,如烟似雾,恍若仙境。

我最初是从朋友口中听说黄姚的。他从黄姚归来,盛赞黄姚之美,说得眉飞色舞,天花乱坠。给我的印象是:哎呀,桃花源啊!今日一见,果不其然,不由让我想到一个很俗却很准确的词:洞天福地。信步而行,突然来到一个名叫"伴月"的客栈,门口一副楹联是:伴君入梦,梦里不知身是客;月出东门,门外恰是武陵人。瞧,我此时的感受早被人写在这里了,我就暂做一回武陵人吧。

关于古镇的所有想象皆可在黄姚得到满足。古镇,既然冠以

"古"字,时间的概念是必不能少的。山,万古恒在;水,日夜流淌。前者无视时间,后者变动不居,皆不能用来度量时间。只有树木非常直观地标记着岁月。巨大的榕树气势惊人,树冠铺天盖地,能够遮住整个天空;树干像堵墙,也不知多少人方能合抱;树根从地面隆起,宣示着它的主权和领土。尤其是进门这棵大榕树,树根分开,盘踞石上,看上去比山大,比天高,俨然王者。再者,磨光的石板路也镌刻着时间的印迹,让人耳畔不由得响起马蹄敲击石板的清脆响亮的声音,头脑中浮现出马队驮着茶叶逶迤穿行街巷的影子。斑驳的墙砖和屋瓦见惯风雨,也见惯繁盛,气度沉稳,宠辱不惊。徜徉古镇,高大的古城楼、镌刻着青鸟的石门当、司马第的石桩、宗祠的牌匾等都仿佛在诉说着时光的故事。

来到护龙桥前,桥下流水汤汤,桥上黄狗徘徊,桥头兴宁庙静静矗立,庙前延伸出一亭子,横匾上写着四个字:且坐吃茶。不是邀请人上香,而是邀请人吃茶,好不亲切啊。匾是乾隆三十年制的,距今二百多年。庙里供奉的主神是真武大帝,真武大帝昂首而立,左手持印,右手举剑,一副准备战斗的样子。旁边坐着一位文官,从容不迫,淡定自若。越过护龙桥,左有天然石门,右有怪石无数,石旁有翠竹一丛,石顶上有榕树一株,甚有奇趣。

再往前,这山这水这景似曾相识,不,确曾看过。我是第一次来黄姚。莫非是前世的记忆。有人说这是电影《面纱》的拍摄地,我恍然大悟。哦,原来如此。《面纱》改编自毛姆的同名小说。影片讲述一对年轻的英国夫妇来到中国乡村,经历情感波澜,领悟到爱与奉献的真谛的故事。据说剧组想找一个依山傍水的古老村镇,行程八千多公里,辗转多地,都未如愿。制片方不得已,打算在广西的山谷中建造影片中的梅潭府,巨大的工作量让所有人都望而生畏。恰巧他们来到黄姚,黄姚给他们一个大大的惊喜。这里天造地设,真是再理想不过了。不用搭建梅潭府了,就在这里拍吧,这里应有尽有。《面纱》电影我看过,影片中风景陌生、独特、美丽,给我留下了深刻的印象,不承想,现在我已踏入电影的风景中。黄姚在我面前揭开了神秘的面纱。

黄姚一次是看不够的,不是因为它广阔,而是因为它曲折复杂,移步换景,令人目不暇接。两天内我看了三次。第一次差不多是走马观花,导游讲解得很快,信息量很大,又听又看,往往听的时候忘记看,看的时候忘记听,梦游一般,曲曲折折走来,难辨东南西北。最大的感觉是山环水绕。借用欧阳修的句式,环黄姚皆山也。水,则是复式的,走来走去,不是在水这边就是在水那边,总之,不时遇到水,仿佛水跟着你,和你捉迷藏一般,寻时不见,不寻时却突然冒出来,吓你一跳。

第一次看黄姚是随着大部队,没有自由,不能乱跑。第二次就不一样了。翌日,我们从潇贺古道回来,时间尚早,我就想一个人看看黄姚古镇。我没急着走进古镇,而是在古镇外围绕着古镇转悠。我发现古镇有许多入口,这就更不急了,我随时从哪里进去都可以。走过卖纪念品和土特产的街道,转弯遇到一个菜市场,我看到比鹅蛋还要大的芋头,平时我没见过这么大的芋头。再往前走,大榕树下立着一个不起眼的亭子,号曰天然亭,亭子前这条路就是古驿道,亭子是供来往过客歇脚避雨的,十分朴素。然后过河,来到古镇的后面。两座馒头状的小山突兀地出现在眼前,仿佛是刚从地里拱出来的。山的高大身影,给我很强的压迫感。山下,女贞花开,如一片白云。古镇里大红的三角梅,如一团火,与女贞花相映成趣。我从古镇的背后进入古镇。古镇不只是一个旅游景区,还是许多人的家园,他们在里面生活起居,劳作休息。穿过生活区,跨过石溪,来到古井处。古井其实不是井,而是一眼泉水。头天,我们在这里参观过。泉水汩汩涌出,千年不息。泉水前砌有几个池子,对泉水的功能进行区分,依次为饮用、洗菜、洗衣、洗手、洗农具。以前从未见过如此细致的功能区分。使用水的细致程度见出一个地方居民的生活态度和文明程度。今天,这里没有游人,只有一个居民在洗菜池洗菜。一个孩子背着书包,迎面走来。我不知道他的学校在哪儿,也没问他。他大概是放学回家。他对美景熟视无睹,沉浸在自己的世界中。看到他,我像看到童年的自己。这真是一种奇怪的感觉。接着,我就像掉进时间黑洞中一般,我走不出古镇。我说过,黄姚有很多入口。同样,也有很多出口。我从一个出口出去,面前展现的是完全陌生的景象。我怎样才能回到住处,吃饭时间到了,同伴们正在等着我呢。笨蛋,用导航啊。导航给出一个弯弯绕的路线,说是避开收费路段。好绕啊,要走半小时。我只好回到古镇,重新导航,沿一条新路线,成功地返回到第一天的入口。门外是可以兴戏楼。"可以兴"这个名字很别致,我问过导游,何以叫这个名字。导游说,当时要建戏楼时问当地一个秀才,能不能建,秀才说可以兴,于是就叫了这个名字。可以兴,就是可以兴建的意思。观如今的黄姚,这个名字也可解释为"可以兴盛",黄姚岂不是正在兴盛嘛。去年,这里成功地申请了5A景区。

第三次是夜游黄姚。我们都清楚,不少地方往往夜晚比白天更有魅力。如果你看不到她夜晚的样子,你便不算真正认识她。灯光是古镇的盛装。霓虹灯亮起,古镇便焕发出莫名的魅力。如果从高空俯瞰,你会看到一个温暖的蛋,正有生命破壳而出。晚饭后,几个朋友说要夜游古镇,我欣然同行,尽管我下午刚刚游过。店铺里的灯都亮着,还在营业,正可买些土特产。一面墙上镶块牌子,上面写着:

黄姚有四宝

一宝:豆豉

二宝:野菊花

三宝:黄精

四宝:好吃得不得了

我们在第一家店铺饮野菊花茶,到第二家店铺品尝黄精酒,去第三家店铺买了豆豉。品尝黄精酒的这家店是百年老店，店主有喜事，一定要我们坐下品酒。什么喜事呢？店主说他自己研制的酒刚刚在伦敦获得铜奖，并给我们看烫金的获奖证书。我们品酒时，他向我们介绍他如何把祖传技艺和现代技术结合起来，经过多少年多少次实验，君臣佐使，皮渣蒸馏，中西结合，终于做出这款酒。喝了他的酒，我们一个朋友谈感受说：一阵风，一朵云，不上头。老板一拍巴掌说，好广告词啊。另一朋友给他的新酒起了个新名字：梦黄姚。老板又一拍巴掌说，好名字啊。如此，也算没白喝他的酒。第四宝，我终究没搞清楚"好吃得不得了"是什么。想问时，我又把话咽回去，心想，保持一点神秘也挺好。这次游览，黄姚本地人给我留下了极好的印象，他们温良好客，态度和蔼，既表示热情，又把握分寸，让人有宾至如归之感。

一个地方也如一个人一样，有其相貌和气质，二者结合，便给人以整体印象。黄姚给我的整体印象是怎样的呢？自然不是大漠孤烟、长河落日的雄浑，也不完全是小桥流水曲径通幽的精巧，而是抱朴守拙，山水相谐，疏瀹五藏，澡雪精神。若比喻成女子，不是少女，也不是老妪，而是阅历丰富、气定神闲、落落大方的少妇。与之倾谈，如沐春风；与之同游，乐而忘倦。

离开黄姚时，有人指着飞驰而过的山峦说，此乃《千里江山图》实景，猛然一看，确实与王希孟"只此青绿"的那幅著名的画卷有些神似。或者说，我们愿意相信它们是神似的。看《千里江山图》时，我就在想，那些行旅之人，他们走向何处，在哪里歇脚，远处必定会有繁华市集在等着他们吧。我原来想象不出那个市集的样子，现在我能想象出来了，因为黄姚给我提供了样本。也许，他们真的就是去黄姚呢。

# 凤凰凤凰

## 一　子夜的凤凰城

　　子夜时分,我们从茶楼出来,走在凤凰城古老的石板街上。街两旁所有的商铺都已打烊,街上也少有行人,静得让人感到不真实。不知是没装路灯还是路灯已经熄了,街上夜色暗淡,偶尔从亮灯的窗子里透出一些光,照出对面店铺的轮廓和招牌,还有一小段泛着青光的石板路。石板都湿漉漉的,可能是临近河道的缘故吧。这是一条沿江的街,临河的店铺靠江的一边有一部分是悬空的,底下用几根圆木支着,人称吊脚楼。刚才我们就是在吊脚楼上喝的茶。转过街角的时候,我看到石壁上有一个很小很小的神龛,比鸟笼子稍大一点,供奉着两尊站立的神像,神像是石头凿的,老头老太,质朴可爱,憨态可掬。神像前点有一截小小的蜡头,火苗像一颗小小的心脏在跳动。蜡烛前还有一个小小的香炉,里边插两三炷细细的香,燃了一多半,袅袅的青烟飘上去,飘到并不黑暗的夜色中,香气则在窄窄的街道上氤氲。蜡烛和香都是旁边的店家点燃的吧,我想,他们也许是求保佑,也许是习俗使然,也许是怕神像在冬夜里冷清。

这时节是旅游淡季,刚才在茶楼上就只有我们一拨人喝茶,现在街上也只有我们几个走着,脚步声橐橐的。在茶楼里我们聊得很热闹,以至于忘了时间,茶楼要打烊,我们看看表,发现已经十二点了。街上这么静,我们哪好意思喧哗,于是闭了嘴静静地走路。我们住的客栈(这儿农家开的小旅社大都叫客栈,显得有古风)也在这条街上,并不远,于是我们不紧不慢地走着,享受着这条老街夜晚的宁静。

一弯月牙儿挂在天上,一点也不起眼,如果不抬头,绝对意识不到它的存在。月牙儿是淡黄色的,像鸡雏一样周身带着茸毛,仿佛并不发光,只是木然地在天上待着。也许它的光芒被弥漫在天地间的水雾完全吸收了,所以水雾才能被我们看到,所以夜晚才显得不那么黑。空气中有至为柔和的光,虽然看不见,但是存在着,它让建筑和树木生出朦胧的阴影,却又取消层次和远近的距离感,还让人产生一些悠悠的说不清道不明的思绪,以及淡淡的忧伤。

"我们"在此指的是我、少鸿、郭风和阿娅,我来自北京,少鸿和阿娅来自常德,郭风来自常德下边的一个县。我们之所以能聚到一起,全是少鸿的功劳。少鸿是常德市文联主席,他发起并组织了此次湘西采风活动,参加人员共二十九人,加上导游王小姐,刚好凑成整数三十,团队的名称叫"湘西采风团"。我们于昨天夜里十一点到达吉首,今天匆匆忙忙游览了奇梁洞、南方长城、黄丝桥古城、沈从文故居、熊希龄故居等地,傍晚时候还勉强在沱江上荡了一会儿舟。晚饭后,是自由活动时间,我和少鸿逛了一会儿街,发现临江的茶楼很有情调,就踅了进去。郭风和阿娅刚好逛到这儿,见我们进去,便也跟了进去。我们选择靠窗的桌子坐下,要了几个小菜一壶米酒,一边欣赏沱江夜景,一边海阔天空地聊天,一直聊到茶楼打烊老板嚷嚷着要关门,这才出来。

我们沿着弯弯的石板街沉默地走着,此时虽是冬季——具体日期是 12 月 16 日——夜晚却一点也不冷,反而给人以凉爽的感觉,如同秋夜。这是五十年来罕见的暖冬,电视上说从平均气温来看,现在的气候只相当于往年的 11 月中下旬。这样的气候,这样的夜晚,这样的街道,这样的几个人,悠然地走着,很舒服。

突然,阿娅打破了沉默,她说她前几天在《常德日报》上发表了一首诗,有很多人给她打电话……听到这里,我本能地怀疑她的真诚,在常德人们会如此地关注诗歌吗? 不要说发表一首诗,就是出版一本书又有多少人关注呢。少鸿出过多部书,我也出版了两三本书,我们还能不清楚吗? 至于郭风,据说也发表了不少东西,他会轻易相信阿娅的话吗?且听阿娅说下去——

"他们都向我打听这首诗是写给谁的。"

噢——明白了,一首爱情诗,人们好奇,想知道那个被诗人爱着的神秘男人是谁。我说:

"无论是写给谁,都不能告诉他们,这是你的隐私。"

她说:"其实是一个虚拟的对象,并不是写给一个具体的人。"

我半开玩笑半认真地说:

"诗歌里边都包含着秘密,特别是爱情诗,这没有什么好回避的。许多大诗人的爱情名篇都是写给一个具体对象的,有的我们知道写给谁,有的我们不知道写给谁。不知道的,并不等于他在空泛地抒情,只是他把那作为一个秘密藏起来了。很难想象,一个诗人面对一个抽象的对象去抒情,没有燃烧,没有焦灼,没有思念,没有等待……能写出爱情诗吗?"

少鸿和郭风都赞成我的观点,他们还举出但丁、波德莱尔、叶芝等诗人的例子来佐证我的观点。

我想阿娅肯定会反驳的,毕竟例子只是例子,并不是构成命题成立的充分条件,更不是真理,何况她说过她是写给一个虚拟的对象的。但是,她没有。她一言不发。

她反驳的话,我们会争几句,然后不了了之。可是,她不反驳。

我的话是不是伤害到她了?或者,她考虑到我是远方的客

89

人,不好意思反驳我?这样一想,我心中忐忑,觉得刚才的话说得有些过。

又沉默地走路。

此时的夜晚比刚才更安静了。


## 二 茶楼上


在茶楼上,我们四人围着一张方桌而坐,少鸿在左,郭风在右,阿娅坐在我的对面。她很少说话。她听我们三个人聊天,偶尔微微一笑,是含蓄的、会心的、赞许的。我们聊些什么并不重要,重要的是那种轻松愉快的氛围。

茶楼是木头搭建的,其实街两旁的建筑皆是木质的,透着树脂的气息。临江的一面是一排通透的窗,视野很开阔。江对面的吊脚楼上稀稀落落地亮着几盏红灯笼,看得出来,大多数客栈没有入住客人。江水黑幽幽的,丝绸一般光滑,红灯笼映在上边,显得悠远朦胧,如梦如幻。江边的宝塔轮廓线上装饰了许许多多小彩灯,里边安装了电灯,看上去里外通明,晶莹剔透。水中的倒影也非常美丽。

后来,回到北京,我在朋友发来的电子邮件中,看到一张沱江夜景的照片。他是从江对面拍的,拍的是江水和我们这边的客栈。这边的红灯笼明显多于对面的。照片中突出的是一排吊脚楼,虽是夜晚,轮廓还看得比较清楚,一盏盏红灯笼发出暖暖的光,其中就应该有我们所在茶楼的红灯笼吧。照片像素很高,如果是白天,说不定还能看到我们几个的身影呢。幽暗的地带是江水,有零星的灯光映在上面,照出江水黑的皮肤。但给我印象最深的并不是这些可见的影像,而是弥漫在空气中的看不见的气息,照片捕捉到了这种气息,它氤氲在建筑之间和大片的空白处。这种气息和我那天的感受是相一致的,它唤醒了我的记忆。说不定若干年后,我会写出几行这样的诗:

> 曾经,我到过传说中的边城凤凰
>
> 那儿的吊脚楼、石板街,以及美丽的沱江
>
> 给我留下了深刻的印象,可是如今
>
> 这些全都变得非常模糊
>
> 只有一位少女的容颜越来越清晰……

现在,我只能这样写道:不久前,在边城临江的茶楼上,我和几位朋友谈论时事、文学、风土人情。过后,谈论的内容全都忘了,只有一双少女的眸子越来越明亮……


那天,我确实看到了一双明亮的眸子,也记住了这双明亮的眸子。只是偶尔的一瞥,目光碰到一起,竟迸溅出火花。这是一种很奇异的感觉,不属于爱情,也不属于别的,说不清属于什么。只有彼此探究的目光才会碰出火花吧。我应少鸿之邀参加这次

采风活动,和他们相处了几天,与其中几个人已经混得很熟,可是对她却几乎一无所知。不知道她叫什么名字,不知道她是哪个单位的,不知道她是否结婚,不知道她的写作状况。只是喝茶的时候,我才对她有一些最粗略的了解,也就是说,我知道了她的名字,知道她写诗,仅此而已。她不漂亮,也不活泼,所以此前没引起我的注意。我是从她偶尔一瞥的目光中认识她的。

她的目光带着忧郁,即使笑的时候也是如此。

她的目光是美的,她的目光里有光芒,尽管十分内敛,这光芒仍然照亮了她,使她通身放射出美的光华。

美就是这样诞生的。


三　话题


我们在潮湿的石板路上无声地走着,像四个移动的影子。后来,我又在石壁上看到一个神龛,这个神龛里边只供着一尊小小的神,也有香火。可是再往后,就没看到神龛了。

石板街很长,但回客栈的路并不很长。客栈大约在石板街的中部。我以为我们会无言无语地一直走回客栈,结果又是阿娅率先打破了沉默。她的声音像这个晚上的风一样轻,也像这个晚上的雾霭一样沉静。她说:

"我去年来过凤凰,那时走在这条石板街上感到很温暖;这

92

次，在船上，我看着水底漂浮的水草，感到非常苍凉。"

一个女孩有这样的感受，让我感到意外。我说：

"温暖是人生的表象，苍凉是人生的本质。如果深入思考下去，人生无不透着苍凉。"

少鸿说：

"人生归根结底是走向苍凉的。"

郭风说：

"大概快到了吧——"

在阿娅看着水底漂浮的水草感到人生苍凉的时候，我也在看着水底漂浮的水草，但我感受到的不是人生的苍凉，而是生命的神秘。

我们登船的时候已是傍晚，天色昏暗，远处的山峦正在失去轮廓，变成深沉的颜色；郁郁葱葱的树林因了暮色的渲染，而显得更加苍翠，这季节在北方已是万木萧条，这儿的林木却还很茂盛；江边的吊脚楼上有的已亮起了红灯笼；烟霭缥缈升起，又被暮色压下来，氤氲在半空中。我们三十个人坐了三条船，另外一个旅游团坐了两条船。每人都穿着救生衣，据说有一个地方要冲过一个小小的水坝，有点危险。其实那个小小的水坝只是增加了一点刺激而已。过了水坝，船悠悠地荡着，船上的游客都很兴奋，唱起了刚从导游那儿学来的民歌，虽然不地道，却很热闹。江上有一只彩船,船上两个穿苗族服装的姑娘在擂鼓跳舞,并唱起了纯正的湘西民歌。她们歌声一起,船上的游客就唱得更欢了,还互相对起歌来了。我不知怎的无法融入这欢乐之中,只是痴痴地看着江水。水是碧绿色的,水底柔软的水草沿着水流的方向安静地伏着,不易觉察地左右摆动着。我一直看着水草和水草的颜色,感到那颜色已经染上了我的灵魂,有一种无法形容的情绪攫住了我,那是忧郁和伤感,更是神秘;我真想变成一条绿色的鱼,潜入翠绿的水草中,感受水草的波动与温柔,感受水草的爱抚与缱绻;或者,我干脆化作一束水草,让一江的水抱着我……

我不知道阿娅坐在哪条船上,更不知道她也在看着翠绿的水草……

少鸿指着前方的一个烟雾蒙蒙的山包,说沈从文先生的墓就在那儿。凤凰是和沈从文先生联系在一起的,若非沈先生,我是不会来凤凰的。此前,我看到过先生墓地的照片,一块大石头是为墓碑,上书"沈从文之墓",非常朴素,也非常庄严。我很想去看一看先生的墓地,看一看那块朴素的石头。

我问少鸿怎么去,少鸿说不是很远,但要有人引导,否则会迷路的。他说:"前年我独自去朝拜,到了山前不知道怎么走了,正在这时,出现一个六七岁的小女孩,说可以给我引路,条件是我必须买她一个竹编的蚂蚱,一块钱一个。她手中有好几个蚂蚱,她说都是她自己编的,卖了来交学费。小女孩很机灵,她说她每个

94

周日都在这儿引路,挣钱……"

我可以想见当时的情景,以及小女孩的神态。那是少鸿的经历,在少鸿的记忆中。

少鸿说:"船一直划下去,能划到那个山包跟前。"

可是船并没划到那儿就折转回来了。

回程的时候,船底的水草是那样幽暗,像墨一样……

喝茶的时候,少鸿从窗口给我指过沈从文墓地所在山包的方向,只能是方向了,因为山包早就隐入了黑暗之中。到了客栈门前,少鸿又停下来,指着看不见的远处,对我说:

"沿着这条街一直走,出街,再往前走,有一条路能到沈从文的墓地,走路二十分钟就到了。"

我想第二天找时间去一下,可是第二天也终于没去成。一则行程紧,上午要到德夯苗寨,吃过午饭还要到吉首赶十二点的火车;二则不便单独行动。这当然是一件很遗憾的事,我如此安慰自己:也许沈先生并不喜欢人们去打扰他的清静,他可能更喜欢人们去读他的著作,而不是去看他的墓。我有一套《沈从文全集》,回去该再读一读先生的文字才是。

客栈为我们留着门。客栈的老板坐在大厅里的一把椅子上打盹儿,腿上搭一条小毯子,毯子有些歪斜,有一角拖在木地板上。他是在等我们回来。

## 四 谈话

我和少鸿住一个房间,我们的房间在二楼临江的一边,有一个阳台,伸在沱江上面。

回到房间,我们俩都无睡意,于是就站到阳台上,倚着栏杆,看沱江的夜景。夜气有些凉,但不寒冷。从这儿看夜景与刚才从茶楼里看并无多少不同,只是吊脚楼上的灯笼又熄了几盏,月牙儿仿佛更高更远了,无法透过重重水雾把光芒洒下来,不远处的山峦所在的位置变成更浓重的黑暗,江水则依旧无声无息地流淌……

我们闲话几句眼前的景致,少鸿突然又将话题扯到阿娅身上。他说:

"你刚才说得很对,阿娅的诗的确是写给一个具体的人,而不是抽象的对象。"

他的话中已经露出一个故事的端倪,我洗耳恭听。他进一步解释说:

"你没看你说罢她就不说了,没有反驳你吗?"

的确如此。当时我等着她反驳的,她却沉默了,让我怀疑自己是不是说得太绝对了,她为了给我留面子而不反驳。我并没意识到自己一语中的,说中了她的心事。

少鸿没有娓娓道来,而是出于一个小说家的本能,把强调语言的效果放到第一位,所以他不啰唆别的,直接说出最令人惊骇的事实:

"她前不久为那个男人自杀过。"

自杀?多么极端的事件!若非对人生绝望,若非对他人极度失望,谁会出此下策。她看上去是那么柔顺的一个女孩,竟然会自杀,真是不可思议。

"那个男人和她一个单位,可能快要升副科长了,怕受影响,就不再和她往来。她受不了,就吃了一瓶安眠药,幸亏被她丈夫发现了……"

一个女孩如果为了爱情连生命都可以放弃的话,谁又能指责她的这份情感呢?谁又有资格指责这份情感呢?在这个爱情日渐稀少性日渐泛滥的时代,如此炽烈的爱,实属罕见。一个男人决然地放弃一份出轨的感情,应该说是理智之举,可是看看他的动机,不免让天下男人气沮。仅仅为了一顶小小的乌纱帽,就可以不计后果地采取行动,这样的男人值得你去爱吗?值得你去自杀吗?

"她丈夫知道不知道她和那个男人的关系?"我问。

"以前不知道。这件事之后才知道。"

"后来——"我真正想知道的是这件事之后,当事人如何去处理,如何去面对。

"她的公公是某局局长,很有影响,要把那个男人开了,她丈夫不同意,那个男人这才保住工作。"

"我很佩服她丈夫的胸怀,人孰能无过,爱一个人就要能够包容她的过错……"她丈夫是个真正的男子汉,他爱她,他把爱看得最重要,高于一切。我想是这样的。

"她丈夫表现得很好,完全原谅了她。"

"她需要一个宽松的环境,来慢慢治愈心灵的创伤。"

"我这次把她叫上,就是想让她出来走走,散散心。"

"这对她会有好处的。"

## 五　思考

上床时已经一点多了,可我怎么也睡不着,头脑中全是阿娅的影子。回想刚才我和少鸿的谈论,我们对整个事件没有丝毫的褒贬,有的只是同情和理解,谈论的语气也是庄重的。尽管如此,我总觉得有点不对劲,为此我感到心里不安。

谈论别人命运是容易的。

是的,我们轻易地谈论了别人的命运,将一个生死攸关的事件缩减为几句话,我们虽然触及的全是事实,可是不能不承认,我们的谈论包含着如下的潜台词,即:"阿娅是庆幸的,她在死亡线上被救了回来,丈夫没有和她离婚,没有打骂她,也没有侮辱她,她又可以享受平静的生活了。"可事实真的如此吗?我们知道她吞下安眠药时的所思所想吗?我们体验过她心头曾经笼罩的绝望吗?我们知道她心里的创伤到底有多深吗?我们了解她心中驻留的痛苦吗?我们知道她如今的真实处境吗?

再说说她丈夫,他在我们的谈论中形象是高大的,但同时也是模糊的,我们知道他内心的复杂情感吗?他犹豫或彷徨过吗?他日常生活中是如何对待妻子的?之后,他又是如何对待妻子的?

至于那个男人,他身上必定会有一种让阿娅着迷的魅力吗?他做出退缩决定的时候难道全是为了一顶乌纱帽吗?是否还有别的因素在起作用,譬如道德、良心、舆论、家庭内部压力,等等。

阿娅那首诗是何时写的?自杀未遂之前还是自杀未遂之后?她为什么要拿去发表?她想传递一种什么样的信息?传递给谁?或者她想表明什么?

…………

一大堆问题在我头脑里盘旋,这些问题让我感到我们的谈论是多么苍白,即使上述问题都有一个答案,我们也不能说我们触及了真实。若不置身事中,若不亲身体验,也就是说不作为当事人,是不可能触及真实的。

我为什么这么在意这件事的真实呢?当我想这个问题时,出现在我面前的是阿娅明亮的眸子,她眸子中的光那么神秘……

## 六　想象

　　阿娅决定去死的时候,给那个男人打了一个电话,她希望他回心转意,可是他说:

　　"我们还是不要在一起了,这样对谁都好。"

　　她哭了,她说:

　　"我求求你,不要抛弃我,没有你我不知道生活还有什么意义。"

　　他冷漠地说:

　　"别这样,不要老缠着我,我们都有自己的生活……"

　　她继续求他,她说:

　　"我不再要求什么,只要你别不理我……"

　　他已经有些不耐烦了,说:

　　"长痛不如短痛,就此了断吧……"

　　她的眼泪不知流了多少,她的心在往下沉,往痛苦之海的深处沉去。她说:

　　"你还爱我吗?"

　　他说:

　　"现在说这些还有意义吗?"

她坚持要问:

"你说,你还爱我吗?"

他说:

"我不想伤害你,不要逼我。"

她固执己见,不肯罢休,继续问:

"说,你爱我吗?"

他说:

"不。"

她说:

"那么,你爱过我吗?"

他不说话了。

她说:

"我想再见你一面,现在!"

他说:

"没必要了。"

她说:

"你别后悔。"

说罢,她挂了电话。

她在房内转了几圈,不知道要干什么,其间,她照了照镜子,可她并没看镜子中的自己,或者虽然看了,但旋即又忘了;她洗了脸,但后来也忘了;唯一记得的是,她写了遗嘱,遗嘱简单得不能再简单了,只有一句话:对不起,我走了。没有抬头,没有落款,也没有日期。她将遗嘱放到显眼的位置,然后从里边锁上房间门,吞下了一瓶安眠药⋯⋯

那个男人放下电话后,感到心里像驴踢一般不安,他踱来踱去,踱来踱去,越来越不安,越来越不安,他头脑中电光石火般地闪过许多念头,突然,他被可怕的恐惧攫住,整个脊椎寒冷无比,他飞奔出去,找到一个公用电话,拨通她丈夫的手机,只匆匆忙忙说了一句就挂机了——

"快回家看看你妻子,她说不定要出事。"

⋯⋯⋯⋯

这其实是我临睡着前的想象。可是蒙蒙眬眬中,我以为这就是事实,好像我穿越时空看到了事件的真相一样。这种想象反映了一种什么样的潜意识呢?

## 七 遗憾

第二天早上我没能够起早,如果能早起半小时,我会去沈从文的墓地看一看,以表达我对大师的崇敬。

我起来的时候,早饭已经准备好了,我们吃过早饭要赶往德夯苗寨,没一点机动时间。我只能从阳台上再看一眼安葬大师的山包,少鸿再次为我作了指点。

透过沱江缥缈的水烟,那个山包看上去是那样的美丽、安静,上面的林木明显比别的山头更为葱郁一些……

吃过早饭,我们匆匆赶到德夯苗寨,由于要赶中午十二点的火车,我们在那儿只是吃了一顿具有苗族风味的饭而已。

赶到火车站时,我们要搭乘的这趟火车已经进站,如果再晚几分钟,我们就上不去了。


## 八 分别

回到常德,整个活动就结束了。

就在火车站分别,大家握握手,说几句惜别的话,即星散了。

阿娅自前一天晚上喝茶聊天之后,就没再和我说过一句话。我们去德夯坐的是旅游公司的大客车,我和她的座位隔得很远,从吉首回常德的火车上,我和她的座位又隔得很远,都没能说上话。我看到过几次她的背影和侧影。有一次迎面走过,也只是点点头。通过昨天夜里和少鸿的一席话,我觉得自己能够理解一些她的境遇、她的平静以及她眉宇间的忧伤,还有她的神态。这是理性的说法。从内心来讲,我敢说我对她的理解不是"一些",而是全部,尽管这是无来由的。同样无来由的是,我觉得我们像是很早就认识似的,或者说得更恰当些,我认为她就是我的一个妹妹,一个多年没见面的妹妹。仿佛在我们心与心之间有一个无形的连通器,我能感知她的心情,她同样也知道我之所想。就要分别了,我们的目光碰到一起,我感到心头一震,有隐隐的疼痛感。她夹在人群中与我匆匆握手道别。她说希望我再到常德来,我说我会的。尽管和别人说的也是类似的话,但总觉得有所区别。然后挥挥手,我就和少鸿一起上了文联来接站的车。

就这样分别了。

第二天文联派车送我到长沙。我在长沙会见几个朋友之后,坐当晚的 2 次特快返京。在火车上,我收到一个短信,内容是:相见时难别亦难,祝赵老师一路平安! 手机号很陌生,不能确定是谁发的,我宁愿相信是阿娅发的。其实我与阿娅的交往,仅限于几个人在一起喝一次茶,走一会儿石板街。我们没有单独待过一分钟。没有说过一句暧昧的话。难道是心有灵犀? 也许吧。我回短信:谢谢!


## 九　朦胧


躺在铺位上,火车单调的晃动和单调的哐当声使我昏昏欲睡,为了打发无聊的时间,我想象着阿娅的那首爱情诗,她在诗中表达了怎样的情感? 此时对我来说,那首诗像是一团气体,只有气味,没有形状,我连一个意象、一个词语都触摸不到,更不用说一个完整的句子了。

> 我怎能制止我的灵魂,让它
>
> 不向你的灵魂接触? 我怎能让它
>
> 越过你向着其他的事物?

我头脑中突然闪现出里尔克的诗句,这诗句与其说有着那团气体的气味,不如说它与我此时的心境颇为吻合。我心中摇荡着莫可名状的情愫,如一湖碧波荡漾的水,波纹柔软、连绵、层出不穷,往无限远的地方伸展着,伸展着……

渐渐地,我的神思朦胧起来,这种朦胧就像傍晚时分沱江上的水雾,无所不在,无孔不入;于朦朦胧胧中,我看到一些纷乱的形象、一些模糊的景物、一些暧昧的光,如同老机器放出来的旧幻灯片,充满温暖和怀旧的情调:吊脚楼、捣衣女人、水草、红灯笼、姜糖、翠翠客栈、萧萧茶楼、沈从文的手稿、苗族服饰、蜡染、水上的光、一双眼睛、竹林、楼桥、船、石板街、神像、香火、小路……一会儿我就进入了梦乡。

下边我要叙述的梦,我自己也分不清哪些是半睡半醒时的想象,哪些是真正梦中的内容,它们已经混而为一,无法区分得很清楚——

一条弯弯曲曲的小路,通往远处雾霭岚岚的山包,小路两旁是茂密而低矮的植物,植物上露珠莹莹,大地热气腾腾,万物苏醒,呈现出一派蓬勃景象,太阳刚刚升起,霞光万道,许许多多的鸟叽叽喳喳地叫起来。我沿着这条小路往前走,独自去寻找沈从文墓地。走到一个较为开阔的地方,眼前出现了三条岔路,我迷惑了,不知该走哪一条。这时一个六七岁的小女孩不知从什么地方跳了出来,手中拿着一把竹编的蚂蚱;我知道她是来引路的,也知道她引路的条件,于是我主动买了一个竹编的蚂蚱;她将蚂蚱交给我,让我拿好;我还没攥住,蚂蚱竟然蹦走了,蹦入草丛中不见了;我对小女孩开玩笑道:你看,它跑了;小女孩说那你再买一个吧;我说你应该送我一个;小女孩有些不情愿,但还是装作很大方的样子送我一个;然而,这个蚂蚱又蹦走了;小女孩说我是故意的;她说得对,我是故意的;但我耍赖,不承认;小女孩有些委屈,强忍着眼泪,又递给我一个蚂蚱;我逗她逗得有点过分了,于心不忍,就说我把她的竹编蚂蚱全买下来。她手中还有七个,加上刚才跑掉的两个和我手中的一个,总共十个,我给了她十块钱;她将手中的七个竹编蚂蚱交给我,这些蚂蚱在我手中乱作一团,眨眼间就跑得一个不剩了;这次我可不是故意的;我在草丛中寻觅,竟毫无踪影;她说,你可真笨啊;这声音不像是一个小女孩的,我回头一看,小女孩变成了大姑娘;我笑了,原来是你,阿娅,你怎么来了;她说,昨晚在茶楼上你总往这儿看,我就知道你要来,所以就扮成小姑娘在这儿等你;我很感动,说,那你就给我带路吧;她说好啊;于是她领着我往前走;但她并未把我带到沈从文墓地,而是带到了一个很神奇的地方,到处奇花异草,鸟语花香,仿佛世外桃源;我问她这是哪儿;她说,这儿是天堂;我说,我们来这儿干吗;她说,你这个傻瓜……

这时火车猛一抖动,停了下来,不知是哪一站。我从梦中醒来,看到黑漆漆的车厢,听到不绝于耳的鼾声,颇有些怅然,于是翻个身重新入睡,希望刚才的梦能够继续……

# 你可以飞翔

## 一　黎明前的决定

一天，我从不安的睡梦中醒来，坐在床头，睁着空洞的眼睛，看着茫茫黑夜。此时正是黎明前的时候，大地沉睡得像一枚变成化石的恐龙蛋，寂静得如石头中的种子。这是一天中最适宜反省的时辰，我免不了要想一些"存在与时间"之类的问题，这是读书读出来的"毛病"。思考这类问题带给我的往往是迷惘和喟叹。这天则例外，我仿佛不是在思考，而是在看和倾听。我的目光穿过沉沉夜幕，看到了模糊的未来，看到了一个模糊的身影，我知道那"身影"就是我自己，"他"走在我前边，要求我跟上。"他"走在别处，要求我过去。同时我听到了模糊的召唤，不知声音来自何处，但听上去既熟悉又陌生。熟悉，是因为听上去像自己的声音；

陌生,是因为我知道那不是自己的声音,甚至也不是我所认识的人的声音。他说:"走出去,走出去!"我感到浑身冰凉,呼吸困难。

妻子醒来,问道:"你怎么啦?"

我说:"我要到北京去。"

妻子以为我在说梦话,没有理我,翻个身又睡了。

一个在行政机关工作了十年、担任着中层职务、一帆风顺的人,突然说自己要放弃这一切到另一个城市去过一种不安定的生活,在普通人看来,不是发疯就是脑子有问题。我也说不清自己属于前者还是后者。

通常情况下,一穿上鞋子,我就会摒弃幻想,脚踏实地,继续做一个安于现状的人。

这次却不!我穿上鞋子后并没有回到现实中,而是继续行走在云端。我向领导请假,说要出去学习。领导很诧异,在劝说无效的情况下,同意放行。剩下的事就是打点行装,买车票了。

几天后,我就踏上北上的列车。


## 二  为什么要离开南阳


大学同学聚会时,有位同学举起杯很庄重地说:"赵大(他们这样叫我),我佩服你,你能在那儿待十年,了不起!"我们碰杯。

他说的"那儿"听起来好像不是指气候宜人、民风淳朴的南

109

阳,而是指高寒缺氧、地僻人稀的西藏。不过有什么区别呢,在他们眼中"南阳"是可以与"西藏"画等号的。从他们的眼中能看到这一点。

他们纷纷与我碰杯,祝贺我毕业十年后重回北京。

我没说什么,我不想扫他们的兴。有什么好祝贺的呢,我并不觉得北京比南阳好,尽管北京是首都。我注意到座中有两位没有向我举杯祝贺。他们俩在我结婚时曾千里迢迢赴南阳参加我的婚礼,这件事令我十分感动。在这些同学中,唯有他们去过南阳,他们知道南阳是什么样子。他们不发言。他们和我一样也不想扫众人的兴。

南阳,这世外桃源

飘着月季纯洁的花香

——河洛《南阳》

说句公道话,南阳是个很适宜生活和居住的城市。这儿三面环山,南面向江汉平原敞开,气候湿润,物产丰富,人文荟萃。你也许会问:既然南阳这么好,你为什么要离开呢? 为此,我严肃地思考过,试图找到答案。

人的行为有时看上去完全受偶然性所左右,一个小小的念头,一件不起眼的小事,一个充满爱意的眼神等改变一个人的事例不胜枚举。人,无论多么聪明,都难以参透命运的奥秘。即使最狂妄的人,和命运较量,也鲜有不败北的。那些叱咤风云的时代人物,在最后时刻难道不孤独和寂寞吗? 难道没有遗憾吗?

我没有狂妄到要去探究命运的程度。只要有偶然性存在,命运就难以捉摸。我甚至说过偏激的话:偶然性即命运。命运神秘莫测。一腔古老的血在我的脉管里流动,我的行为有多少出自我的意志,又有多少出自祖先的意志呢? 月亮阴晴圆缺,潮汐受其影响,我的决定是否也受其影响呢? 十年前从北京回南阳的决定与今天离开南阳重返北京的决定之间有因果关系吗?

…………


## 三　杂志、偶然性和生活的转折

表面上看,绝对是偶然的小事改变了我的生活道路,让我辞去公职,只身进京。要说清这件事,必须先做点自我介绍。我于1989 年毕业于北京大学中文系,被分配到南阳市某局委从事行政教育工作,一干就是十年。工作干得有声有色,颇得好评。娶妻生子,家庭也美满幸福。业余时间喜欢看小说和写小说,并在《芙蓉》等刊发表过中短篇小说多篇。我一般不大看文学期刊,只是偶尔翻一翻《小说月报》或《小说选刊》,看看国内小说发展到什么程度。然而鲜有不失望的。一失望我就会两三年不再翻阅文学期刊,更不用说买了。

这天,我和妻子到街上闲逛,在书摊上看到 20 世纪末最后一期《小说月报》和《小说选刊》，忽然想起有三年没看文学杂志了，再说一个世纪行将结束，该翻开新的一页了，于是便决定买两本回家翻翻。我既没指望从中受到什么启发，更没指望从中获得什么信息。事实上，我很快就将这两本杂志扔到了一边，那上边的小说一如既往地让我失望。得，我又可两三年不看这类杂志了。

我晚上睡觉前有个翻书的习惯，床头上总是放着几本互不搭界的书，以便我睡前选择阅读。由于我过于散漫，床头上的书便像无定河水一样时有泛滥。只要书一泛滥，妻子就会趁我不在时将其扫荡一空，统统归架。对于我来说，睡前不摸一摸书，就难以入眠。这天晚上，我一伸手，床头空空如也，一本书都没有。正是冬天，我不想下床去取书，就随手拿起《小说选刊》翻起来。《小说选刊》妻子没将其归架，还在床头上。我不想读小说，就读广告，于是看到了鲁迅文学院的招生启事。对照条件，我还算符合。我当时并没打算去鲁院读书，放下杂志，我就进入了梦乡。

黎明前醒来，我再也睡不着觉了，盯着茫茫黑夜，仿佛听到了冥冥中的召唤，于是我产生了到鲁院读书的念头。

## 四 时间的压迫

我清楚地知道一本杂志和一则招生启事并不具有改变我生活道路的力量，它太轻了。

那么,重的东西、有力的东西是什么呢?

时间。

十年一晃而过,古人形容得好:白驹过隙。对时间的认识各年龄段的人是不一样的,二十出头的人大概会认为青春尚可挥霍,三十出头的人可能会感到时间的脚步太快,四十出头的人会认为时间是一笔坚硬的债,上帝借贷给你生命,你应该让这生命焕发光彩,或者创造令人满意的价值,也就是说你要偿还,连本带息。

三十岁后我感到了时间的压迫。这是个非常复杂的问题,不可能三言两语说得清楚。我不愿在此浪费笔墨,再说,我也没有思考清楚。其实,不思考似乎还明白一些,越思考倒是越发糊涂了。

还是让我们回到现实的问题上吧。说浅白些,时间使我滋生了对自己的不满。我觉得我在虚掷生命。我干的工作体现不出我的意志。也就是说,我仅是机关的一颗螺丝钉而已。在内心深处我渴望有所作为。当然,这不容易,我比任何人都清楚。

有段时间,我对自己的处境思考得较多,越思考越觉得我是一个陌生的人,即使对我自己来说,也是如此。这个发现让我大吃一惊。我并不是仅仅出于修辞效果或哲学考虑才这样说的。事实如此。我照镜子时常能看到一张毫无生气的、呆板的、令人生厌的面孔,好像是用体制的模子批量生产出来的面具。更可怕的是,我必须为这张面具负责。

对自己失望,不能不说这也是我决定改变生活环境的原因之一,甚至是重要原因之一。

再就是对周围现实的失望。

有时我想:既然镜子里出现的是"陌生的我",那么,那个"熟悉的我"在哪里呢?

我在寻找。

我想接近那个"熟悉的我",并与其合而为一。


## 五　情感的力量


人到三十五岁左右独处一段时间是有好处的。远离家庭和熟悉的环境,行走在异乡的街头,徘徊在宁静的傍晚,观察与思考皆可,反省与幻想亦佳。孤独加深我们对生活的热爱和对亲人的眷恋。寂寞则便于读书和写作,没有比这更好的打发时间的方式了。

没装电话的时候,我每天晚上九点以后(那时晚上九点以后话费半价)到路边用 IC 卡给妻子打电话,我打过去,她挂断,再打过来,这样省电话费。我们几乎没间断过,IC 卡不知用了多少。冬天寒风凛冽,路上行人稀少,偶尔有一两个行人也是匆匆往家赶的样子。这样的天气我也坚持打电话,虽然身体寒冷,但心里热乎。后来住处装了电话就方便多了。如果没有妻子在家里支持我,我一个人会崩溃的。我们不但每天通话,还每周通信。我常常在夜深人静时铺开稿纸写下滚烫的思念。写信是一种享受。仿佛爱人就在对面,我敞开心扉向她倾诉。语言比话语更具表现力,也更坦率、更真诚。不得不承认,说话时我们总是羞于说出内心深处的柔情,何况话语在日常生活的摩擦中生出了茧子,阻碍真情的传递。写信则不一样,白纸上的文字具有一种不可磨灭的力量,它们既是情感,又是情感的见证。读信是一种幸福。收到飞越千里的家信,我总是很激动,迫不及待地拆开信,看到熟悉的字体,心便跳得加倍的快,如同胸腔里装了一匹小马达。文字在信纸上蠕动,然后飞起来,扑入我怀里。这种甜蜜,无法言说。

我也给儿子写信。

有一次,我从北京回到南阳,儿子抱怨说:"你给我写的信才一页,给妈妈写的信都六页。"

看来敷衍是不行的。我答应儿子给他写信一定超过六页。那时儿子才四岁,不可能和他谈论复杂的社会问题,也不可能和他谈论沉重的生活问题。那么写什么呢? 对了,童话。我写信给儿子讲童话故事,第一次就写了十页,童话才只是开了个头。以后每周给儿子写一段童话,坚持下来,共写了十八封讲故事的信,计八万字,儿子将信首尾粘起来,有几十米长呢。我将这部童话取名为《小淘气的故事》。后来,我给儿子写信又讲我们爷儿俩的故事,一写又是一个系列,两万余字,名之为《父与子》。无论我讲虚构的故事,还是回顾我们经历的真实的故事,儿子都很喜欢,这也是我将信写下去的动力。儿子也给我写信,他不会写字,由他母亲代笔。有一次他对他妈妈说:"我说,你写,不许改。"然后他像将军发布命令般地开始口授,他妈妈忠实地记录。应该承认这封完全出自他幼小心灵的信写得又朴素又感人,还很有情趣。后来我将这封信原封不动地引入了我的一篇文章中。

## 六　回到初恋时光

我如今离家已经三年了。去年是我们结婚十周年。三年前我离开南阳时,我们的婚姻进入第九个年头,多多少少已有些平淡了。波澜不兴千篇一律的日常生活正在耗损着激情,使我们变得日渐麻木。

分别,在夫妻情感方面有着神奇的作用。夫妻间仿佛有一根橡皮筋,距离越远,这根橡皮筋就会绷得越紧。俗话说小别胜新婚,我们这种旷日持久的分离使夫妻变得像初恋的情人。思念既痛苦又甜蜜,盼望信和电话的时间既忐忑不安又兴奋莫名,说话时会心跳加快,听到对方的声音会心慌意乱。更重要的是,我们把重逢变成了不折不扣的狂欢节。

几年的分离,让我充分认识到了妻子在我生命中的重要位置,她成为我的庇护神。我所有的奋斗、受苦、成功等,正是因为妻子才有意义。

## 七　朝远方眺望

哲人说过,人生而自由,却无往不在枷锁之中。我从不幻想绝对的自由。自由是一种奢侈品,只有极少数人能较多地享有。到北京之后,我忽然呼吸到了自由的空气,当然这是相对于南阳而言的。在南阳我如果放弃工作,就会失业,恐怕连扫大街的差事也难以谋到。在北京则不一样,我可以辞去任何一种工作,基本不影响生计。北京,这个活跃的大都市,已经意识到僵化体制的弊端,加之激烈的竞争,导致对人才的需求增大。处此环境,找工作便利多了。不过,这只是自由的初级形式。只有到了想工作就工作,不想工作就不工作的时候,才能拥有较宽泛意义的自由。现在许多自由撰稿人已经在享受这种自由了。生活方面的自由必然带来思想方面的自由。不用为温饱发愁的人才能有更多的精力从事精神工作和艺术工作。当然,一边解决温饱,一边从事精神和艺术工作也不失为一种生活方式。若二者结合紧密,相辅相成,一方面用智慧换取面包填饱肚子,另一方面创造精神财富,则更好。我游走在北京这座城市,读书也教书(我曾在北大代过一学期的课),编书也写书,写过电视剧本,也审过别人的剧本。

最终我稳定地干起了文学编辑,这是我喜欢的工作,尽管工资不高。我感到在北京比在南阳自由多了,这就是我选择北京的理由。全国很难找到第二个城市像北京这样包容,而且可以肯定地说,在文化产业方面没有哪个城市堪与北京相比。北京得天独厚,故而成为文化人的聚居地。

前边说过自由是一种奢侈品,其实应该说是一种奢望。想想吧,一个人不可能是纯粹的自然人,而必定是社会人。马克思说"人是社会关系的总和",人在世上,必定要背负政治的、宗教的、习俗的、物质的、精神的、道德的等等枷锁。这些枷锁构成了人的基本境遇,使自由成为不可能,故而说自由是一种奢望。一个奢望自由的人,要比一个不奢望自由的人更多地意识到自由的存在,也更多地会朝着远方眺望。


## 八　我把目光投向广阔的社会


在北京,一个人独处,我有充裕的时间读书和写作。

这是我梦寐以求的。

当然,一个人独处,也同样适宜于思考和反省。我虽然也涉猎一些哲学方面的书籍,并且对一些哲学命题感兴趣,但我清楚地知道我毫无这方面的天赋,所以我不在这上面花费时间。我不羡慕哲学家,他们离我太远(他们思考的问题却离我们每个人都很近）。我羡慕那些内省者。我甚至想做个内省者，用理性的强光把"自我"的宇宙照亮，用感性的柔光衬托这个"宇宙"丰富的内涵和层次分明无穷无尽的细节。"自我"不但包含着整个人性，也包含着整个时代。如同一个细胞不仅携带着人身上的所有的信息，甚至还携带着他所有祖先的信息。一个细胞就是无限的。一滴水像大海一样无限。我想，认识了"自我"也就认识了世人和世人所处的时代。但这几乎不可能，至少在我来说是如此。许多朋友往往是第一眼就认识了我，长期交往下去非但不会改变第一印象，反而会加深这一印象，归纳起来，不外乎善良、宽容、诚实、有爱心、重承诺等。这是不变的。但我最亲近的人并不满足于这些，他们想了解更多，想了解目光忧郁时我之所想、沉默时我的精神活动、痛苦时我的内心感受等。在此他们遇到了障碍，一道无形的屏障隔开了他们的目光，连我妻子都说她不了解我。这是正常的，并非我有意遮蔽，而是深入地探究一个人本身就是件无比困难的事。说实话，我和我妻子一样不了解我自己。我非常认同尼采的话，他说："人何以能认识自己？"又补充解释道："人乃是被遮蔽的晦暗不明之物。"被遮蔽，是的，但我不知道是被什么遮蔽，是自小受的教育、文化、道德、习俗，还是别的，我不知道。我想做个内省者，就是想了解"自我"，但我清楚这很难成功。通过认识"自我"来认识时代，对我来说是一条不大走得通的道路。

我必须直接把目光投向广阔的社会。

一个好的作家并不局限于讲优美的故事,他还要反映时代精神,即人在这个时代是怎样活的,他的心灵、他的气质等。作家要与时代保持一种紧张的关系。略萨认为文学是同现实对抗的形式。帕斯说:"不满是推动作家写作的动力。"

作家不应该同现实妥协,他应该是无情的批判者,冷酷地揭示现实,真实地提出问题,颂扬善,抨击恶,反对虚伪和矫饰。这其实并不需特别强调,只要深入地理解事物和时代,理解文学的实质,必然会成为作家的本能。

我把目光投向社会,投向芸芸众生,投向那些处于社会底层发不出声音的暗哑的人,投向苦难的黑土地,我看到了什么?

我看到的和在这片土地上生活的每个人看到的一样:生活。

我又是如何理解生活的呢?

这个问题可不好回答。任何简单的回答都会显得草率和无知。我把我对生活的理解完全融入了我的小说创作之中,这决定着小说的犁铧能扎进大地多深。而要做到这一点,必须有博大的爱,对生活的爱、对事物的爱、对人物的爱、对艺术的爱,唯有热爱,才能理解。要明白,生活并不是我们眼睛所看到的那部分,还包括我们心灵感受到的部分。作家更应该描写心灵感受到的那部分。

当前文坛,可以说写实主义一统天下。我们看到了个人隐私的贩卖,官场黑幕的揭露和身边琐事的喋喋不休。仿佛这就是现实,而且他们忠实于这种现实。这里我想引用普鲁斯特的一段话,我相信这段话会让许多作家脸红的。普鲁斯特说:"一种文学如果只满足于'描写事物',满足于由事物表面的轮廓和表面现象所提供的低劣梗概,那么尽管它妄称现实主义,其实离现实最远。"

## 九　抵达自我

我通过写作抵达自我。

写作让我发现自己的独特性,并发展这种独特性。尽管每个人都是独特的,但其独特性往往被观念、成见等所遮蔽,时间一久,就连自己也觉察不到这种独特性了。写作帮助我确定自己的坐标位置。在以时间和空间为纵横轴的坐标上,找到自己的位置并不容易,然而写作帮了我的忙,使我得以接近"自我"。写作表明了我的存在,因为我用语言创造了独特的世界,这个世界是我存在的见证。如果幸运的话,它还是这个时代的见证。

写作,在我和世界之间建立了联系。

当初,我离开南阳来到北京,许多偶然的因素都在其中起了作用,如今回想起来,难说哪些因素起的作用是决定性的。但有一点可以肯定,那就是如果我没有决定要坚持写作的话,我大概不会离开南阳,毕竟在南阳要安逸得多。

毫无疑问,生活的动荡对于写作是有利的,不仅仅在于积累了经验,丰富了素材,更在于它为我提供了一个新的视角,使我得以从遥远的地方打量故乡。

从此,乡愁将进入我的作品中。

第二辑 父与子

# 站台

站台是个洒泪的地方,至少对我和家人来说是如此。仿佛在站台的某个地方藏着一根看不见的针,只要我们一到站台上,这根神秘的针就不知不觉地刺破我们的泪囊,使我们的眼泪像大雨天房檐的雨水一样哗哗地流下来。

不管是在南阳,还是在北京,只要有离别,就有眼泪。

起初几次离家来京,我都是在儿子睡觉时或者在儿子去邻居家玩耍时悄悄走的。虽然事后儿子免不了会哭一两场,甚至睡梦中还哭着要爸爸,但毕竟我已顺利地离开了家。去年夏天的这个晚上则不同,儿子既不睡觉,也不到邻居家去玩,他寸步不离地跟着我。他好像知道我晚上要走。他是怎么知道的无关紧要。关键是他小小的心灵怎样承受这件事,或者说他打算怎样阻止这件事,这是一件他不愿看到的事,却又是一件好像注定要发生的事,同时还是一件他自感无力阻止的事。但他要阻止,他不能让他亲爱的爸爸远行。他像传说中的英雄一样,单人独骑守住关隘——房门,颇有一夫当关万夫莫开的气概。他的脊背紧紧抵着房门,说:"我不让你走!"神情那么严肃,语气那么坚决!他自己承担了一件多么艰巨的任务啊!我的心情既焦急又伤感。站到儿子的角度想一想,我的眼泪就涌出来了。我抱住儿子,把脸埋在他肩膀上,让他的衣服吸去我的泪水。同样的,我的衣服也吸去了儿子的泪水。只有让眼泪流一流,我才能说出话来。我给儿子讲道理,是的,讲道理,给四岁的儿子讲远行的意义。儿子流着泪听我讲道。我不知道他是否听懂了这些道理,但我清楚他理解了我的行为,或者说他明白了我的远行是不可更改的。也许他认识到他继续阻止会使大家都陷入伤感之中。也许他不想让我也那么痛苦。离别的确是痛苦的,每次都如此。儿子答应放我走,我答应让他到车站去送我。

侄儿专门开车来送我。妻子和儿子坐上车送我到车站。

晚上十点多的火车。我们到车站时约九点半,乘客还没开始进站。我们好不容易找个车位,把车停住。下车,就站在车边等待。

还是这个车站,我每次归家,妻子和儿子都在这儿接我。那种心情与现在截然相反。我在站台里边,妻子和儿子在出站口外边。我们互相张望,互相在人群中寻觅,怀着同样的兴奋、激动和喜悦。儿子总是在他妈妈怀里,让他妈妈抱高些,再抱高些,以便

126

他能看得更远。当他看到我时,他的脸上突然绽放出灿烂的笑容。这笑容是多么甜蜜和光亮啊,虽然那里灯光昏暗,我仍看得非常清楚。我的脸肯定像镜子一样也反映出那样的笑容。只是笑,笑中包含了一切。与亲人重逢无疑是人生最幸福的时刻。

下起了小雨,细细的雨丝从苍茫的天上织下来,织出更伤感的气氛。我抬头看看天,什么也没看到。天上会有什么呢?只有雨丝,那些落在我脸上的一根根雨丝。雨也落入眼睛中,使眼睛变得更加潮湿。我让他们回去,因为下雨了。儿子首先不答应,他一定要看着我进站。我们站在小雨中,这是夏天很少见的温柔的小雨。夏天更常见的是激情澎湃的大雨,也许小雨只是个序曲,大雨还在后边呢。黑沉沉的天空压得很低,好像是直接压在我们的心头上一样。

开始进站了。

我蹲下来,再次拥抱儿子。我将儿子紧紧抱在怀里,脸贴在一起。小雨把我们的脸都弄得潮乎乎的、凉丝丝的。我感到一大滴雨落下来,落在我脸上,滚烫滚烫的。然后是一个温热的小泉,像虫子一样在我脸上拱,选择道路。我拍拍儿子的脊背,把他抱起来,交给他母亲。拎上行李,加入进站的人群行列中。因为不争气的眼泪,我没有回头,但我能感觉到他们在队列外与我平行着往前移动。只是在进站的一瞬间我才匆匆抿一把眼泪,回头朝他们挥挥手。在这个嘈杂的场所,儿子的哭声像面旗帜在人群上空飘扬。

"爸爸——"

这喊声久久回荡在我耳畔,即使隔着辽阔的空间和辽阔的岁月。

# 未来主义袜子

早上起来,儿子坐在床上,把脚伸到我面前,说:"爸爸,你看——"

他一只脚穿黄袜子,一只脚穿绿袜子。我答应今天带他去见几个朋友,他故意如此。

"你知道你穿的是什么袜子吗?"我问他。

"什么袜子?"他以为我要训他,笑嘻嘻地把脸仰起来,做好了反驳我的准备。

"未来主义袜子。"我说。

儿子没听说过这个词,感到很新鲜。一个四岁的儿童不知道未来主义是再正常不过的。他也许为无意间把自己和未来主义联系起来而感到得意,看得出来,同时他还感到了某种神秘。他充满好奇地问:

"爸爸,啥是未来主义?"

这可不是个好回答的问题。我正在读《巴黎的放荡》,这是一本介绍 20 世纪初叶聚集在巴黎的一帮天才艺术家的逸闻趣事的书。书写得很好,其中涉及未来主义,但介绍得很简单,我只记得有一个颇具反叛精神的《未来主义宣言》,再就是毕加索的妻子跟一位未来主义画家跑了,而毕加索早就与另一位未来主义者的未婚妻频频约会。好了,怎能向儿子说这些呢。那些来自意大利的未来主义者有一个显著特点,就是好穿奇装异服,穿不同颜色的袜子更是家常便饭。我说:

"穿不一样的袜子就是未来主义。"

儿子很高兴,跳下床,就到卫生间去找他妈妈。

"妈妈,你看我的袜子——"

"怎么穿错了?"

"你说这叫啥袜子?"

"啥袜子?"

"不知道吧,这叫未来主义袜子。"


妻子有公务,我领着儿子去会几位朋友。在姓贾的朋友家里,儿子对地板上铺的一块毛茸茸的地毯很感兴趣,在上面翻起了跟头。我们进门时都换上了拖鞋,他翻跟头时脱掉了拖鞋,露出了颜色不一样的袜子。

"你的袜子怎么颜色不一样啊?"一位女作家问他。

"我这是未来主义袜子。"

儿子说得一本正经,几位朋友都笑起来。

哈哈,未来主义,这是个能给大家带来快乐的名词。

下午,我们驱车到怀柔去看望一位文友,晚上就住在怀柔。晚饭后逛商场,几位朋友给儿子买了一大堆吃的东西。第二天早上起来,那些买给儿子吃的东西就变成了大家的早餐。简单打发了肚子之后,我们就上路了:去慕田峪看长城。

可能是儿子早上喝的冷饮太多,车又颠簸,加之他在车上睡着了,凉风一吹,到长城脚下时他竟然吐了。他睡在我怀里,结果吐了他一身,也吐了我一身,连带着座位也遭殃。

从他吐出来的东西可以看出他喝了不少鲜奶,我的一条深颜色裤腿被染成了白色,他的半边红颜色的上衣也染成了白色。

儿子醒了,有些茫然,好像不知道发生了什么事。我说:

"儿子,你看看,我们俩都变成了'未来主义'。"

儿子笑了。

我用了一整卷卫生纸才将身上的脏东西清理得差不多。他的热心的阿姨在旅游摊点上为他买来印有"我登上了长城"的长袖衫。他穿上很高兴。

这是个阴天,太阳一直没有出来。虽然是国庆节长假,但游人还很少,因为我们来得早嘛。站在空旷的长城上,看着莽莽群

131

山,确实心旷神怡。我们照了不少相片。下长城的时候,天上飘起了牛毛细雨。

此刻,当我在北京写下这段文字的时候,远在河南老家的妻子打来电话。我们每天都通电话。她问我在干吗,我告诉她我正在写《父与子》,她说:"你知道'子'正在干什么吗?"猜不出来。她说:"他正把镜框中我们的照片取出来,换上他在长城的照片。"那边儿子抢过话筒:

"爸爸,你看——"

我虽不是千里眼,可我知道他放上去的是哪张照片。

"是不是未来主义照片?"

他笑了,他的笑声让我这边的电话线都颤动起来。

"就是未来主义!"他大声说,像是在叫喊,可能他怕我听不见,因为隔着一千多公里呢。

# 童话之夜

　　儿子总是和爸爸最亲,这是真理。我知道这句话会惹得天下一半人不高兴,但是先别反驳我,且听完我的论据再开口。就拿我儿子来说吧,他还在哺乳时就会喊爸爸,可到三岁时还不会喊妈妈。这说明什么? 大的方面不说,至少在两年多的时间里"爸爸"就是他的全部语言,难道你从这里得不出一个合情合理的结论吗? 此其一。其二,我离家到北京来求学之后,儿子常常从睡梦中哭醒,他妈妈问他哭什么,他说:"我想爸爸。"竟惹得他妈妈搂住他,俩人一块儿哭起来。其三,有时妻子向儿子提出很尖锐的问题——当然是在气氛很轻松的时候半开玩笑地提出来的,她说:"铉儿,如果爸爸和妈妈分开,你跟谁?"儿子回答得颇干脆:"不让你们分开!""一定得分开呢?"儿子犹豫了,他意识到这个问题的重大,他需要慎重考虑考虑,最后他总是很无奈地回答:"我跟爸爸。"——得,怎么样,你还想反驳我吗? 在此,不妨向你透露一点消息:妻子在这点上是不反驳我的。如果追根究底,这正是她的论点,而非我的,只是我也信以为真罢了。

事实如何呢?

回到登长城前的那个晚上。饭后儿子跑到麦当劳快餐店里,在儿童游乐城爬上爬下,疯了半个小时,出了一身臭汗。我们从麦当劳出来,正好碰到同行的几位朋友,就一块儿逛超市,这几位朋友争着为儿子买东西,争来争去,为儿子买了一大堆东西。儿子很高兴。然后,回到宾馆房间里洗澡,儿子在浴缸里扑腾,水花四溅,他仍然很开心。我用浴巾包住他,将他抱到床上,下一个节目:睡觉。

可是:不。他露出了他的本性,他说:"我想妈妈。"

"好了,好了,有爸爸在身边陪你,快睡吧。"儿子,你不是经常想爸爸吗,爸爸在你身边,你应该感到安全、幸福和甜蜜才对,怎么还要想妈妈呢? 何况出门在外,只有这一个晚上妈妈不在你身边。再说,咱爷儿俩睡到一起不是挺好嘛。"听爸爸话,快闭上眼睛,听爸爸给你讲故事——"

"我要妈妈——"

这个软弱的小家伙竟然哭起来,眼泪像小溪一样蜿蜒而下。刚才还阳光灿烂,转眼间就雨雪霏霏,如果不是我每分每秒都和他待在一起,我准会以为他受了天大的委屈。我有些手足无措。

"儿子,快点睡觉吧,明天我们还要爬长城呢。"儿子去年就闹着要爬长城,长城对他一直很有吸引力,"长城,儿子,你难道不想爬长城了?"

"长城"也哄不住他。他还是拖着哭腔说:

"我要妈妈——"

"好吧好吧,要妈妈,要妈妈。"毋庸置疑,妈妈比长城重要。我真拿他没办法,别哭了好不好,这么晚——我有些想发火,可转念一想,儿子要妈妈有什么错呢?"但天这么黑,路这么远,儿子——"

儿子不管这些,他还是哭着要妈妈。

想想别的办法吧。

能有什么办法呢? 儿子,我但愿你以后学习时能有你哭着要妈妈这个劲头。我说:"你听爸爸给你解释——"

他当然不会听的。

那好吧,只好让警察帮忙了。我伸出右手的大拇指和小拇指权作话筒,我要给警察局打电话。

"'喂,喂,警察局吗? 警察局吗?'

"'我是警察局,我是警察局,请讲,请讲——'

"'我找黑猫警长,我找黑猫警长。'

"'我就是黑猫警长,我就是黑猫警长,请问你有什么事?'

"'我儿子赵丰铉想他妈妈了,看能不能派飞机去把她接过来?'

135

"'没问题,没问题,我这就通知飞行员舒克。请问他妈妈叫什么名字?'

"'叫吕书华,还有个名字叫安娜。'"

儿子笑了,脸上还挂着泪珠。看来这个办法还算奏效。接着我继续把独角戏进行下去——

"'喂,喂,飞行员舒克,飞行员舒克,我是黑猫警长,我是黑猫警长。'

"'我是飞行员舒克,我是飞行员舒克,请讲,请讲——'

"'这儿有个小鬼想他妈妈了,想他妈妈了,你快开上飞机去把他妈妈接过来。'

"'好的,好的,我马上就去,马上就去。'

"飞行员舒克走出家门,外边一片漆黑,伸手不见五指,他瞎摸瞎撞,来到机场。可是天太黑了,他找不到飞机。他掏出手机,又给黑猫警长打电话。这时黑猫警长已经睡了。

"'是谁把我吵醒了? 可恶的家伙!'黑猫警长摸到放在床头的电话,叫道,'谁呀?'

"'报告警长,我是飞行员舒克,我是飞行员舒克。'

"'该死的舒克,你半夜打电话干吗?'

"'报告警长,天太黑了,我找不到飞机。'

"这家伙跑机场干吗? 黑猫警长嘀嘀咕咕的,他已经把这档子事给忘了,这时他突然又想起来了,他拍一下脑门,说:'怎么会

找不到飞机呢？你是不是跑错地方了？'

　　"'报告警长,我也不知道是不是跑错地方了,到处黑乎乎的,什么也看不到。'

　　"'你为什么不带上手电?'

　　"'报告警长,我忘了带了。'

　　"'快回去带上手电,不要耽误执行任务。'

　　"'报告警长,天太黑了,我找不到回家的路。'

　　"'你这笨蛋,在那儿等着吧,我马上派坦克手贝塔给你送手电去。'

　　"黑猫警长又给坦克手贝塔打电话。坦克手贝塔早就进入了梦乡。(儿子,你怎么还没进入梦乡?)坦克手贝塔被电话铃声吵醒,拿起电话——

　　"'喂,哪个讨厌鬼? 还让不让我睡觉了?'

　　"'我是黑猫警长,我是黑猫警长,快起来,懒虫!'

　　"'是,警长!'

　　"坦克手贝塔很不情愿地从被窝里爬出来,他看看窗外,夜就像大海一样可怕。只好自认倒霉了,他想。

　　"'报告警长,我已起来了。'

　　"'快把手电送到机场,交给飞行员舒克。'黑猫警长命令道。

　　"'报告警长,我的手电没电池了。'

　　"'天啊,又一个笨蛋,你为什么不早点把电池准备好?'

"'报告警长——'

"'好了,好了,别再报告了,立即到超市买电池去。'

"'报告警长,超市早关门了。'

"'你自己想办法吧,弄不到电池你就别睡觉!'

"你看,坦克手贝塔想睡觉也睡不成,快闭上眼睛吧,我的小祖宗!"

"我要妈妈——"儿子又哭起来。

我于是提高声音接着讲——

"坦克手贝塔开上坦克,轰隆隆朝超市驶去。超市早就关门了,怎么办?坦克手贝塔把坦克上的大炮对准超市大门,发射了两发炮弹,轰隆,轰隆,超市的大门被炸开了,贝塔把坦克轰隆隆开进超市,撞倒了好几排货架。超市里边黑得像锅底,什么也看不见。贝塔跳下坦克,在地上摸索电池,摸来摸去,电池没摸到,倒是往坦克里装了一大堆吃的东西,什么饼干啦,果冻啦,鲜奶啦,可乐啦……儿子,你在听吗?天啊,总算睡着了。"

看,儿子到底和谁最亲?

# 牙的故事

把自责和懊悔埋进心里,让我来讲讲这个又长又曲折的故事。

"儿子,张开嘴,张大,再张大……"其实不用张那么大,我已经能看得很清楚了,可我但愿眼见为虚:这不是真的。"书华,你来看——"

"你啥时发现的?"妻子惊讶得张大嘴巴,几乎和儿子的嘴巴张得一样大。

"刚才。"我说。

儿子有了虫牙! 这就是我的发现。我用牙签在他的大牙上捣捣,"疼吗?"儿子摇摇头。

我和妻子陷入了忧愁之中。糖,都是糖惹的祸,这毫无疑问。我们迁怒于糖,首先做的事就是把糖果扫地出门,然后——

口腔医院成了我们常去的地方。但每次都无功而返,因为儿子不配合治疗。

我和儿子再一次来到口腔医院。二楼儿童口腔科的医生已经认识我们,看到我们踏进门诊室,他们都露出善意的微笑。这里的每个医生我们都打过交道。他们的微笑意味深长。我知道他们不相信这次儿子会乖乖地爬到检查床上。其实我也怀疑。但是必须尝试。在路上我反复地做儿子的思想工作,和他讲道理,外加威胁利诱。一个三岁儿童要对抗我强大的思想攻势,自然是显得力不从心。他终于答应配合治疗。

每次他都答应配合治疗,结果一进门诊室或者是一踏上二楼的楼梯他就开始打退堂鼓。看得出来,他对检查床和牙医的嗞嗞响、会喷水的钻子感到恐惧。这次也不例外:他不予配合。

"再不配合,我就不要你了。"

他置若罔闻。

我躲了起来,将他一个人置于这城市的荒漠中。我永远不可能知道他那时的感受。他哭了起来。他心头笼罩着怎样的恐惧啊!我紧紧贴着墙壁,咬着牙,我让自己的心变得比石头还硬。他的哭声在走廊里回荡。医生做了我的同谋,任他去哭。甚至还吓唬他:"你爸生气了,走了,不要你了。"我不知道我这样做对不对,我只知道坚硬的心脏搞得我非常痛苦。

我出现在他面前,问他:"配合不配合?"

他哭着点点头。然而医生说他这样哭个没完,是无法检查的。

我只好领他回家。

下一次,好一些,他爬上了检查床,这是一个进步。当医生打开钻子的开关,钻子嗞嗞嗞响起来的时候,他像一条泥鳅,扭动着又滑下了检查床。

我和医生都束手无策。

从夏到冬,一连串的失败。

春节前的一次,他妈妈也生气了,折腾一个下午,仍然毫无进展。他妈妈也说不要他了,出了医院大门,把他扔到后边,自己走了。我也一样。

这一幕我永远不会忘记。回忆起来,常令我泪下沾襟。有一次给妻子写信,我说:

> 我又想起我们从口腔医院出来时,儿子跟在我们身后的小小身影。
>
> 我们因他不配合治疗龋齿而赌气地说不要他了。
>
> 他自知不对,小可怜儿般亦步亦趋跟着我们。
>
> 我不知道我们是怎样过马路的。
>
> 我们在站牌下都不说话,脸上布满阴云。

3路车驶来时你先上去,他试图自己往上爬时,

　　我从背后紧紧抱住他,眼泪哗地涌了出来……

　　回家的路上,我和妻子终于理解了儿子的恐惧。他两岁时在口腔医院割过一次舌系带,满嘴是血,看上去非常可怕。可能是那次经历在他的记忆中留下太过深刻的烙印,恐惧已植入了他的潜意识……

# 朱童与朱重

我们对儿子的牙齿一筹莫展。

儿子天天刷牙吗?

是的,天天刷牙。

可是牙洞好像越来越深,怎么回事?

如果不刷牙的话,情况会更糟糕。

想不到远在挪威的埃格纳爷爷帮了我们的忙。埃格纳如果健在的话,今年(2002 年)刚好 90 岁,是我的爷爷辈儿。埃格纳怎么会帮了我们的忙呢? 让我从头道来。

我早在少年时代就读过埃格纳的童话《朱童和朱重》,这篇童话一点也不亚于安徒生和格林兄弟那些美妙的故事。就连最无情的时光也磨灭不了我对这篇童话的印象,二十多年过去了,我不但仍然记得故事情节和人物名字,而且还能清晰地回忆起那一幅幅生动的插图,并且,我还记得当初是在哪个房间阅读的以及阅读时的激动心情。那时,我还没养成留心作者和译者名字的习惯,所以二十多年来我尽管对作品保持着敬意,却不知作者和译者为谁。两年前,我写作《隐蔽手记》时又想起了这篇童话,就顺便借用一个名字作为我小说中人物的名字。这成为我藏在小说中的一个密码,读过这篇童话的读者一下子就能破译这密码,其他读者则只能遗憾地错过小说中微妙的寓意。这是我感恩的方式。由此可以看出这篇童话给我留下了多么深刻的印象。顺便说一下,当年我是在《儿童文学》上读到的这篇童话。

现在,我想你不难理解我再次见到《朱童和朱重》时的欢喜心情。一天下班,我在北太平庄的一家书店随意翻着一本名为《豆蔻镇的居民和强盗》的书,翻着翻着,我的心狂跳起来,手也有些发抖,因为我又看到了这篇久违的童话——《朱童和朱重》,于是我毫不犹豫地买下了这本书。至此,我才知道少年时阅读的这篇优美的童话是挪威作家埃格纳写的,叶君健翻译的。向埃格纳致敬!向叶君健致敬!

我又读了埃格纳的《豆蔻镇的居民和强盗》,这又是一部了不起的童话,令人有相见恨晚之感。不过,这已是题外话了,暂不谈。

我把《朱童和朱重》复印下来寄给儿子。童话是这样开始的:"从前有一个孩子,他的名字叫任思。他嘴里长了两排牙齿,像我们大家一样。不过他有一颗牙齿被打了一个洞,洞里面住着两个小人儿,一个叫朱童,一个叫朱重……他们经常唱歌,生活得很愉快。他们只要不睡觉,不吃东西,就在牙齿里面敲敲打打,把他们住的房子收拾得又宽畅,又舒服。"接着,作者以欢快的笔调描写了朱童和朱重的幸福生活,他们唱歌,他们劳动——建造新房子,他们捉弄任思——任思疼得哎哟哎哟地叫喊。然后,他们遇到了麻烦,讨厌的牙刷和牙刷搅起的泡沫让他们受了惊吓。接下来,情况更加不妙,任思跟着妈妈勇敢地来到了牙医诊所,牙医用嗞嗞响的钻子毁掉朱童和朱重的房子,将牙上的洞填起来了。任思再一刷牙,朱童和朱重就彻底完蛋了。文字和插图合起来共34页,但读起来一点都不觉得长。

几天后,信息反馈过来了。妻子在电话中"抱怨"说:"我已经给儿子读了四遍,他还让我给他读——"

"那就再读几遍吧。"我说。

"我有个想法:让幼儿园的老师来读,也许——"

"太好了!"


两个月后,国庆节长假开始了,儿子和他妈妈一块儿来到北京。

"儿子,张开嘴,让我看看朱童和朱重的房子——"

一见面,我首先关心儿子的牙齿。

"他们把房子搞得挺宽敞的,天啊,他们还造了新房子,儿子,疼吗?"

儿子摇摇头。

我向儿子吹嘘北京的牙医,说任思的牙就是北京的牙医给补好的,鼓励儿子在北京看牙。尽管我和妻子对此不抱多大希望,但我们不放弃每一个尝试的机会。

妻子实际不是休假,而是出差,差不多每天都有公务。所以第二天,我领着儿子到北京儿童医院去。很遗憾,在儿童医院我们没挂上号。我记得下车时,站牌旁有一家"佳美口腔医院",那就到那儿试试吧。

"佳美口腔医院"里边宽敞明亮,给人的感觉很好。我们要了号,坐在儿童诊室外的沙发上等待。

"这下朱童和朱重可要倒霉了,"我说,"很快他们就没房子住了。"

儿子说:"爸爸,咱们明天到哪儿玩?"

他在转移话题。好吧,那我们就谈点别的,放松放松。

我们总能找到可谈的,我们感兴趣的话题简直太多了,但愿在今后漫长的岁月中我们一直能够这样交谈。

很快就轮到我们了。

我领着儿子进,将儿子抱到检查床上,心里祷告着:"儿子,勇敢,勇敢——"

儿子从检查床上跳下来的时候，我的心一下子提到了嗓子眼：又一次临阵脱逃？

"爸爸，我要小便。"

"好吧。"

我理解儿子的紧张，显然儿子此时正在进行激烈的思想斗争，他需要战胜本能的恐惧才能再回到检查床上。

儿子还会不会找别的借口？

无论如何，我是有思想准备的。

儿子小便后，洗洗手，又把手伸到烘手机下烘干。虽然医生在那儿等着，但我并没催他。

再没有什么好磨蹭的了，我说："走吧。"

从洗手间到诊室这一小段路对儿子来说好像有些漫长，儿子走得很慢。回到诊室，医生不让大人待在里边，我就出来了。

我听着里边的动静，看会不会传来儿子的哭声。这会儿我大概比儿子还要紧张，我不得不从包里掏出一本杂志来看，我想以此来转移自己的注意力。杂志上的文字一串串进入我眼里，每个字我都认识，可我不知道它们表达的是什么意思。我看了一篇又一篇文章。天知道是些什么样的文章。

一本杂志快翻完的时候，儿子出来了。

"补了没有？"

儿子点点头。

医生交代两小时内不许吃东西,另外,一周后再来一次。

哈哈,就这么简单。


傍晚,妻子回来,见儿子正在家睡觉,问我看牙了没有,我说看了,妻子表示怀疑。

"真的。"我装作轻描淡写地说。

妻子把儿子叫起来,让儿子张开嘴,她看着儿子的嘴巴,如同阿里巴巴看着那神奇的山洞。她的激动难以用语言来形容。她抱住儿子亲起来,眼里闪着喜悦的泪花。

"朱童和朱重到哪儿去了?"

"早就冲到大海里啦!"儿子欢快地叫道。

# 儿子的逻辑

　　再次到佳美口腔医院,是我们一家三口一块儿去的。儿子一点也不害怕了,我们也趁机洗了洗牙。

　　从医院出来,走在马路边的人行道上,秋天明亮的阳光洒在身上,我们感到非常惬意。

　　"儿子,你看这是什么?"

　　我们停下来,围着一个像大冰箱一样的东西看来看去。它像是从天上掉下来的一般,让我们惊奇。上次从这儿走还没有呢。隔着钢化玻璃,能看到里边一格格的花花绿绿的零食。

　　我们都是第一次见到自动售货机。

　　我一边给儿子讲解自动售货机的功能,一边鼓励儿子试试。其实不用鼓励,儿子就跃跃欲试了。想想看,钱从这边塞进去,那边就会掉出东西,如果塞的钱多,它还会找零,够神奇吧。

　　"儿子,想要什么?"

儿子选了 1.5 元的虾片。我帮儿子把一张 5 元的纸币塞进去,按 C,再按 3,一阵叮叮当当的响声,一包虾片掉到下边货斗里。其实叮叮当当的声响不是商品落下去的声音,而是机器的找零声。找的全是硬币,能不响吗?两枚 1 元的,一枚 5 角的。不对,还应该再找 1 元。可是机器沉默了,连 1 分钱的钢镚儿也不再往外吐了。机器上写着"找零错误,可以拨打 ×××××××。"拨打一个公用电话 4 角,如果迟迟没人来解决(百分之九十会是这种结果),你再拨打一个电话催促,又 4 角。如果问题解决了,很好,可以挽回 2 角的损失。如果还没人来(这种情况很有可能发生),我是不会再拨打第三个电话了,这等于又损失 8 角。这只是经济账,如果再惹一肚子气,就更不划算了。得,这 1 元算捐献了。

这个机器的另一面全是饮料,算了,不再试了。

我们继续往前走,儿子的脚步越来越沉。

"爸爸,我渴。"

"包里有水。"

"我想喝饮料。"

"回去家里有饮料。"

"我现在就想喝。"

"坐上车一会儿就到家了。"

"不到家我就渴死了。"

"这儿有水。"

"我不喝水。"

我们知道他想干什么,但我们不想拐回去。我们穿越大马路,又继续往前走,希望距离的拉长,能使他忘掉那个不讲理的自动售货机。他走得越来越慢,后来竟停了下来。他妈妈今天心情特别好,就说:"你就去帮他买一桶吧。"

儿子忽然改变了声调,高兴地叫道:"我也去!"

在这个非原则性问题上我不想坚持自己的意见,其实内心里我很乐意满足他这个小小的愿望。

我和儿子又走了一里多路,拐回到自动售货机旁。这次一切都由儿子操作,他亲自鼓捣出一桶饮料,很是兴奋。

"这下满意了?"

"都怨你,你要不指给我看,我也不知道这儿有个自动售货机,不知道这儿有个自动售货机,也就不会闹着要饮料了。"

听听,这是什么逻辑?说来说去,都是我的不是。

# 谁当国王,谁当王子

星期天是我和孩子们的节日。

"星期天"指的是我在南阳的那些星期天。"孩子们"指的是:儿子赵丰铉、比他大一岁的邻居家孩子阳阳、比他大三岁的堂姐露露。我能一下子把他们三个人背起来。他们三个在我背上的叫声和笑声整幢楼都能听到。我还能像变魔术般把自己藏起来,他们三个怎么也找不到。如果我想坐沙发上安安静静看会儿电视,他们不是都爬到我身上,就是要把我拉起来,再不,就干脆关了电视。和他们理论是没用的,输的总是我,因为他们三张嘴,我只一张嘴。总之,我得和他们一起玩。他们的游戏层出不穷,一会儿把气球当排球在空中托来托去,一会儿比赛看谁的纸折飞机飞得远,一会儿又用积木在地板上垒城堡……得,一刻也别想安静。想安静只有一个办法:讲童话。

儿童天生喜欢童话。他们喜欢奇异之事。在他们成长的早期岁月中不但现实世界向他们逐步打开,想象世界也在向他们逐步打开。在想象世界中,巫婆骑着扫帚飞来飞去,魔鬼法力无边,王子变成青蛙,白雪公主遭受磨难,辛伯达一次次到大海中历险,阿里巴巴知道打开山洞的咒语……多么神奇啊!可是,他们并不满足于听童话,他们还要成为童话中的角色。

一篇童话念完,放下书本,我们就开始分派角色。

"谁当国王?谁当王子?"或者,"谁当巫婆?谁当白雪公主?"或者,"谁当羊妈妈?谁当大灰狼?"

经过一阵乱哄哄的嚷嚷、叫喊、争吵,各人确定了自己的角色。当然,坏蛋和倒霉的家伙总是由我来扮演。如果一篇童话中的角色多于四个,他们就希望丰铉的妈妈和奶奶也能加入进来,不过丰铉的妈妈和奶奶对在伟大的戏剧中扮演角色不是很热心,总是推说有事。没关系,这难不倒我们,我们可以一个人扮演两个或三个角色,甚至更多,比如一个人可以同时演七只小山羊或七个小矮人。房间就是我们的舞台,凳子、床、笤帚、擀杖,等等,随便什么东西都能成为我们的道具。不需要导演,也不需要排练,直接开演。想不起来台词时,他们就自己发挥,更多的时候还是尊重原作的,有时他们也停下来问问我,然后接着演。

我们既是演员,也是观众,还是评论家。我们一边演戏,一边欣赏、大笑,一边还评头论足。非常非常快乐。

有时我们也演生活剧。比如,有一天儿子和我商量:"爸爸,我来当'爸爸',你来当'儿子',好吗?"

"好啊!"我说,"这想法挺独特的。"

于是,我们互换角色,儿子成了"爸爸",爸爸成了"儿子"。

"'爸爸',我要吃苹果。"我坐在沙发上说。

"快快,"露露说,"你'儿子'要吃苹果了。"

儿子去给我拿来苹果,说:"'儿子',吃吧。"

"没洗。"我说。

"快去把你'儿子'的苹果洗一洗。"露露说。

儿子把苹果洗了后又拿给我。

"没削皮儿。"我说。

"呀,看你'儿子'多会享受啊!"露露说。

阳阳在一旁捂着嘴笑。

我母亲制止了这个游戏,说两个孙子是"傻瓜"。

两个孙子说:"奶奶,我们是在演戏呀!"

"演戏也不行!"

我倒认为这样的戏剧是有益的。有时我想:如果天下人都能把自己年迈的父母当作"子女"来看待,像爱子女一样爱父母,大概就不会有那么多不孝的悲剧发生了。

# 书信与童话

我躺在铺位上,听着火车均匀的哐当哐当声,思潮起伏,久久不能入睡。火车每哐当一次都好像在提醒我:六件、六件。离家前我答应儿子六件事,这是儿子放我走的条件。哪六件事?一是给儿子写信,二是买VCD,三是买磁带,四是买书,五是买玩具,六是儿子来北京时我带他玩儿。第一件事就是写信。我曾给儿子写过一封信,儿子很高兴,当然也有遗憾:太短了。这次回家儿子对我说:"爸爸,你给妈妈写的信都六页,给我写的信才一页。"我说:"爸爸下次给你写信一定超过六页。"我想:到京后,我要给儿子写一封长信,至少要超过六页。

我和妻子虽然几乎天天通电话,但我们还顽固地保留着写信的习惯。在洁白的稿纸上写下思念的文字,比在电话中倾吐感觉要好。收到信件和拆阅信件也比接听电话能带给我们更多的喜悦。和妻子有说不完的话题,但是,和儿子说什么呢?儿子还太小,生活中的许多事他还无法理解。我基本上每周给妻子写一封信,今后也要每周给儿子写一封信。写什么呢? 生活中的事缺乏诗意,儿子未必感兴趣。儿子感兴趣的是别的,我不说你也能猜得到:童话! 是的,童话! 那么就写童话吧,专为儿子写一部童话。

儿子已经有了许多童话书,他会对我写的童话感兴趣吗?

这倒是个考验。

在火车上我就构思了童话的框架。童话的主人公是一个四岁的小男孩,和儿子一样大。他的一些语言习惯和儿子一样。他的爱好也和儿子一样。不难看出,我是以儿子为模型来构思童话的。我决心使用四岁的孩子能够完全理解的语言来讲述这个童话。为了和儿子开玩笑,我将童话中这个四岁的小男孩起名为小淘气,童话就叫《小淘气的故事》。

回到北京我蜗居的小屋,一放下行李,我就坐到书桌前,摊开稿纸,给儿子写信。一阵轻松的关心话语之后,转入了正题:童话。

由于童话是在火车上构思的,所以一开始就带着火车的气息:小淘气和母亲一起坐上我刚才乘坐的那列火车,到北京去看望爸爸,路上遇到魔法师,后来被魔法师带走,开始了他在北京的磨难和历险……

我一口气给儿子写了十页,但小淘气的故事才仅仅是开个头而已。

信寄回去不久，我破天荒收到儿子的一封信，当然是由他母亲代笔的。他说："爸爸，我很喜欢小淘气的故事，你写那么长，很累，谢谢你。可我还想让你给我写得更长。爸爸，我不会画小淘气和魔法师，只会画个没有尾巴的小老鼠，你能帮我画一画吗？"信上画着一个站立的小老鼠，黄皮肤，黑眼睛，红嘴唇，大耳朵，没有鼻子，没有尾巴，穿一件天蓝色的马甲，憨态可掬。顺便说一下，小老鼠是我童话中的配角。我端详着儿子的"杰作"，感到快乐就像一股泉水在我身体中曲折流淌。

我每周给儿子寄三千到四千字的童话。儿子对这部童话一直保持着浓厚的兴趣，每次读了信之后，总还想知道后边的故事，盼望着下一封信。这给了我写下去的信心。这部童话我讲了差不多半年，共给儿子寄了十八封信。开始用的是稿纸，后来就改为打字稿。听说儿子用糨糊把信首尾接起来，足有几十米长呢。

# 文字的魔力

　　夜里读帕斯捷尔纳克的《日瓦戈医生》。读到"她（拉莉萨）控制不住自己涌上来的眼泪，又不愿在外人的面前哭"时，我头脑中浮现出两年前儿子眼睛受伤，我和妻子到中心医院去探视的情景。儿子住在岳母家，岳母家的保姆在哄他吃饭时，玩具手枪子弹近距离打中他的眼球。当时保姆不知道玩具手枪中有子弹。看看儿子红肿的眼睛和难受的样子，再看看岳母和保姆等人哭过的眼睛，以及严霜般的表情，我们意识到了情况的严重。询问医生，医生说有可能要换晶体，即装一个人造晶体。这是个意外，一个意外，不能责备任何人，甚至不能流露出一丝一毫责备的意思。可我心里难受啊，仿佛一块大石头压在心上。"她（拉莉萨）很快站了起来，走出病房，到走廊去镇定一下自己。"一屋子人都很难受，病房里的气氛能让人窒息。我作为父亲，不能表现出脆弱，而应该坚强。于是，我躲进厕所里流泪。一进厕所有一个长长的洗脸池,洗脸池上安有一排水龙头。我进去的时候那儿没人,我打开水龙头,装作要洗脸的样子。我让水哗哗地流着,想让水的声音盖过我的流泪声。其实我根本没发出声音,流泪不像流水会发出那么大的声音。可那时我以为我的流泪发出了声音,或者说我担心我的流泪会发出很大的声音。流水声灌满我的耳朵,我的眼泪奔涌而出,如同两个盛水的塑料袋被刺破了一般。这两袋儿咸涩的液体憋得我非常难受,让我身体不住地颤抖。"过了一会儿,她装得十分镇静地走了回来。她有意不朝那边看,免得大哭起来。"眼泪流得差不多了,我撩水冲冲眼睛,洗洗脸,可惜那儿没有镜子,否则我会照照镜子,看看自己的眼睛是不是也肿了起来。我用袖子揑揑脸上的水,特别是眼睛中的水,深吸一口气,怔怔地站有几十秒钟,让自己的心脏跳得正常一些,然后走出厕所,回到病房,尽量回避别人的眼睛,也不看儿子,当然更不看妻子,妻子好像一直在流泪,她不住地用手去揑。我开始劝慰大家不要难过……

　　书上的文字越来越模糊,渐渐变得像一张被泪水弄得很脏的脸。在这个夜晚,在这异乡的小屋中,我独自一人,面对伟大的著作,眼泪又夺眶而出。我不用再掩饰什么,也无须掩饰,我让泪水自由地在脸颊上流淌,无所顾忌地流淌。仿佛那天在医院厕所里没流完的眼泪,越过几百个日日夜夜,越过上千公里的原野,流到了北京这个孤独的夜晚。

那是个暮春的中午,天气很热,如今回忆起来,我们好像更多时候不是待在病房里,也不是待在走廊里,而是待在楼梯上。楼梯很宽,因我们是在四楼(这是一幢五层楼),加之是中午,楼梯上几乎没什么人走动。我们就在楼梯上商量着怎么办。没多长时间,我们就决定下来:到郑州去,到省人民医院就诊。一则省人民医院的技术和医疗设备无疑要好于南阳市中心医院,二则正好有亲戚是省人民医院的眼科大夫,让她亲自检查治疗我们更放心些。我向单位要了辆车,和妻子一起没吃饭就出发了。这种情况下,谁还能吃进去饭呢?妻子路上晕车晕得厉害可能就与没吃饭有关。到郑州后已是晚上,我们直接找到这位亲戚家里,她不当班,正好在家。她领着我们来到医院,加班为儿子做了检查,并没有南阳医生说的那么可怕。在郑州待了五天,我们就回到了南阳。仰赖神灵保佑,儿子的眼伤经过几个月的治疗痊愈了,并没有换人造晶体。

　　生活中的无妄之灾消除了,有关这件事的记忆也沉睡于头脑之中。

　　儿子一天天长大,视力也越来越好,在天气不是很好的夜晚,他在灰暗的天幕上看到的星星比我和他母亲看到的都多。要知道我的视力一向很好,总能看见视力表最下边一行的符号。他的视力超过我,我感到很欣慰。

　　那时儿子不到两岁,多年后不知道他还能不能记起当时的情景。但我是一辈子也忘不掉这件事的。那时的情景就像被拍成了胶片，保存在我的头脑中，想放映的时候只管拿出来就是。这不，帕斯捷尔纳克充满魔力的文字宛如一只魔术师的手，轻而易举就在我记忆的仓库里找到这卷胶片，并把它打开，在我面前重新放映，让我又一次落泪……

# 儿子的圣诞树

在年末岁尾收到的所有贺卡中,我最喜欢的是儿子给我画的圣诞树。

圣诞树画在一张八开大的稿纸的背面,树干很粗,树冠有三层,看上去像一个人戴着三顶尖角草帽。下边一层树冠是绛红色,中间一层没有颜色,上边一层是草绿色。看得出来,树冠里边藏有好多礼物,但是除了一个小雪人较为一目了然,其他礼物仿佛都包着彩纸,又藏得很深,若隐若现的,看不大分明。吊在树外边的一律是绿色的大星星,有的星星像纸飞机,有的星星像蝴蝶,有的星星像蜻蜓,有的星星像一块彩色玻璃……总之,这些星星引发人无限的遐想。这些星星就是礼物呢,还是这些星星只是礼物的外包装呢? 这同样要靠想象。或者可以问问儿子。

儿子还给我写了一封信,自然由他母亲代笔,信是这样写的:

爸爸:

你好!

爸爸,我想你。爸爸,你快一点到 31 号,我们到火车站去接你。爸爸,你别忘记看信封里面我送给你的礼物——圣诞树。

爸爸,家里没有水彩笔和油画棒,我画的圣诞树颜色不好看,你回来给我买,好不好?

爸爸,我希望你快一点回来,我希望你快一点回来。两次快一点,一次是今年快一点回来,一次是明年快一点回来。

赵丰铉

下边的署名显然是儿子写的,每个字都写得有核桃那么大,笔画稚拙,左右不匀称,但一笔一画都是用力写出来的,显得很认真。再下边,还有一个写得很小很小很小的"赵丰铉",稍不注意就看不到。妻子附了一封信,描述了他们写信前后的对话。儿子写下大大的名字后,他妈妈在笑,儿子问妈妈为啥笑,妈妈说:"你写得好,所以我笑。"儿子也笑了,说:"才不是,因为我写得不好,所以你才笑。"然后他们一起大笑起来。"妈妈,我再写最小最小的'赵丰铉'三个字,像蚂蚁一样小,看看爸爸能不能看见。"儿子于是写下小"赵丰铉","我不会写得再小一些,爸爸一定能看到小'赵丰铉'三个字。哈哈,爸爸能看到两个'赵丰铉'。"写信是充满乐趣的,他们不断爆发出一阵阵大笑,我读信时还能听到他们的笑声,笑声就在信纸上振荡。他们写信前的对话也颇有趣——

　　儿子：妈妈，我说你写，我说啥你写啥，不能变。

　　妈妈：当然了。

　　儿子：每句话前面都写"爸爸"，要不，就不知道写给谁。

　　妈妈：听你的。

　　由此看来，儿子的信全是他自己的语言。一般说来，儿童天生都有很好的语言直觉，他们甚至不需要刻意去学习，就知道怎样使用语言，以及怎样强化语言的效果。在儿子这封信中，他每句话前边都写"爸爸"，既显出一派天真烂漫，又达到一种呼唤般的效果。信的最后一段，儿子自觉地使用了重复的修辞手法，可谓自然而然，恰到好处。儿子虽然不知道什么叫作修辞手法，但他的确是"自觉"地使用的，因为他紧接着不但做了强调，而且还做了解释，解释听上去多少还有点幽默的味道。清人张潮说："文有不通而可爱者，有虽通而极可憎者。"儿子的信即属于前者，而中国的语文教育追求的恰恰是后者，或者说收到的客观效果属于后者。这是教育可悲的地方。

　　再过二十天就是春节了，儿子希望我早点回去，我何尝不想早点回去呢？可是，羁旅之人身不由己，无可奈何啊！但我的心已经插上翅膀，扑闪扑闪，正往家飞呢。

# 第三辑 · 归去来

# 燕园随想

## A 爱

如果要为教育画一个箭头,那么这个箭头毫无疑问应该指向爱。对知识的爱。对生活的爱。对社会的爱。对他人的爱……

爱是生活的核心,也是知识的核心。

因爱而进取。因爱而求索。因爱而执着。因爱而勇敢。

爱不需要学习,但需要拓展。

每个人都具备爱的能力,但爱的意识要被唤醒。

要行动。

爱的土壤是理解,对人性,对世界,对知识,对艺术,对自然,在理解之上,爱茁壮成长。

爱赋予生活意义,为每一天。

## B　博雅塔

很容易联想到弗洛伊德的象征。但这不是弗洛伊德的发明。

湖与塔,阴与阳,东方的和谐。

最初,我惊讶于倒映在湖中的影子。朴素,无言,倾向于隐藏自身。

后来,我惊讶于它的实用。它是水塔。如此美丽之物竟然如此实用,不可思议。

再后来,我听到有人说出它的名字——博雅塔,如同夜空绽放的烟花,绚烂耀目。

再再后来,我虚构了它。在小说中它倾向于浪漫,它恨不得生出翅膀飞入太空。

## C　蔡元培校长

他是不同时期学子的共同校长。他的身影在我们心中,像一盏灯。

## D　大饭厅

一幢已经消失的建筑。代之的是百年讲堂。

大饭厅是历史遗留下来的名字,我在校时它已变成了电影院,但仍叫大饭厅。

记忆是:在此办入学手续,领到学生证、校徽、宿舍钥匙、饭票,等等。

看同声翻译的内部电影(《静静的顿河》等),所谓同声翻译,即翻译在影院用扩音器即时译出剧中人物的对白。也看《第一滴血》《查泰莱夫人的情人》《红高粱》等。

听规模庞大的学术讲座(关于"丑陋的中国人"等),也听"大气功师"的"带功报告"。

还有前边那片柿树,秋天硕果累累,初冬则红叶似火。

## E　俄文楼

记忆是抓到手的时光碎片,如同揣入口袋叮当作响的硬币。俄文楼于我,意味着:

书法课。这门课让我深感惭愧,因为我的字一直写得很难看。

169

第一次给老外上课时的紧张。还好，没人看出来。

中文系八五级同学"相识二十年"的聚会。我发现每个人都是老样子，这是就本质而言。时光改变的只是人的外形。

## F 父亲的梦想

上北大，是父亲的梦想，后来他将这个未曾实现的梦想移植到了我身上。

在我考上高中的那个夏天，父亲对我说："不到北大非好汉。"我将这句话刻在屋后的梧桐树上。其实，这句话何尝不是刻在心上。它像鞭子一样抽打着我，让我感到疼痛。

三年后，我收到了北大的录取通知书。这时梧桐树上的字变成了一排疤痕，我轻轻抚摸着这些鼓起的疤痕，仍能辨认出父亲那句话。

## G 戈麦

原名褚福军，1967 年生于黑龙江某农场，1985 年考入北大中文系，1989 年毕业，1991 年 9 月 24 日自沉于北京万泉河。著有《戈麦诗全编》。西渡曾说："或许他是半神，他是天使。"我们应该记住他。

戈麦认为："诗歌应当是语言的利斧,它能够剖开心灵的冰河。在词与词的交汇、融合、分解、对抗的创造中,一定会显现出犀利夺目的语言之光,照亮人的生存。诗歌直接从属于幻想,它能够拓展心灵与生存的空间,能够让不可能的成为可能。"

## H　湖

那以未名为名者,必然是谦卑的。

小小的一片水域,静若处子。

羞涩。一贯如此。

云影在水面上徘徊。

飞鸟掠过天空。

月亮升起,大地沉睡。

收拾一天或百年的记忆。

潜入相思者的梦中。

## J　寂寞之地

未名湖向北,就是北大的寂寞之地。一个个隐蔽的池塘。茂密的荒草。自开自落的荷花。曲折的路径。布满野生植被的假山。

不起眼的小小院落,柴扉半开,静如空瓮。

真正做学问的地方,世外桃源。

还有,个人的记忆:初吻。

## K 苦寒

有一个寒假我没有回家,待在学校里。西渡也没有回家。我们一起选编北大校园诗歌消磨时光。外边冰天雪地,我们偶尔出去踏雪。更多的时候则是待在宿舍里,读诗选诗。西渡选三年前的诗歌,我选近三年的诗歌。后来西渡将这个寒假的活动继续下去,与臧棣合编出版了《北大诗选》。我选的诗则寄给了远方的朋友,后来下落不明。我唯一记住的一首诗是海子的,名为《半截的诗》,只有四句:

你的我的

半截的诗

半截用心爱着

半截用肉体埋着

## L 泪水

没有人喜欢哭泣,特别是男人。可是当眼泪涌出时,再坚强的堤坝也难以阻挡。于是男人会整日哭泣,直到眼泪流尽。他甚至不明白为什么哭泣和为谁哭泣,他只是控制不住自己,控制不住那汹涌的泪水。有过如此哭泣经历的人可以理解这种哭泣,无须解释。

余华看到一个男人在大街上边走边哭,于是写出了《许三观卖血记》。如果一个作家看到许多人这样哭泣,他会写出什么呢?也许什么也写不出。只能沉默。

我曾经在和一位老师谈论起父亲时失态地哭泣起来,为父亲苦难的命运。这是我唯一的一次失态。当我和许多人一起像余华所见到的那个男人那样哭泣时,我不认为是失态。这是自然而然的。

## M　梦魇

我曾有段时间备尝梦魇之苦。不记得是大几,只记得是个夏天,我午睡时只要一闭上眼睛,一只巨大的手便从黑暗的虚空中向我伸来,要把我攫住。只是一只巨手,没有躯体。我感到呼吸困难,无法动弹,身体像被磨盘压着一般。意识在清醒与梦幻的交界处徘徊,恐惧捕获了我。

多年后看《美丽心灵》,我深深理解纳什的痛苦。他分不清真实与虚幻。蒙田说过,强劲的想象创造现实。对精神分裂症患者来说,这是真理,也是符咒。

大四的时候,有这种经历的人就多了……


## N 难忘之物

在北大,难忘之物有:秋天铺满校园的厚厚的银杏叶。春天刚长出嫩芽的连翘。灰色的宿舍楼。红色的西大门。傍晚光线昏暗的未名湖。清晨洒满阳光的竹林。微风中的垂柳。雨后的荷塘。假山上的小路。能撞响的大钟。不沉的石船。挺拔的华表。西区的石拱桥。勺园的长廊。偶尔一见的松鼠。时常惠顾的啄木鸟。三角地的广告牌。路旁的阅报栏。早晨食堂的棒子面粥。课间教室门口的热包子。书店。理发店。图书馆。大饭厅。蔡元培铜像。李大钊铜像。塞万提斯铜像。斯诺墓。燕南园的巨松。时开时不开的小门。阶梯教室。古色古香的五院。带铁丝网的苹果园。开放的柿林。丁香。核桃。等等。


## O 偶像的黄昏

20世纪80年代,旧有的偶像走向黄昏。

## P  片段

关于过去,只有片段或碎片是真实的。这些片段或碎片如同水中的踏石,帮你涉过遗忘之河。

无论记忆力多么卓越不凡的人,也无法重现昨日。昨日之日不可追。

根据爱因斯坦的理论,我们坐上超光速飞行器是可以追上昨日的。关键是到哪儿去弄速度超过每秒三十万公里的飞行器。

但昨日并没有随着过期的日历消失。

有时候遗忘是不道德的,特别是遗忘不该遗忘的东西:孤独、泪水、悲伤、青春的热血、某个日期、曾经的理想,等等。

## Q  青春

一个夏天的晚上。青春之血沸腾的中文系男生鼓噪着要去郊游,说走就走,十几个男生骑自行车出发去天津。我和凌亚涛结伴向西,目标百花山。在路灯和月光下骑了大半夜,来到荒山野岭,前不巴村,后不着店,我们深切地领教了北京后半夜的寒冷,还好,没有冻僵。好不容易挨到天明,继续向西。山路坡度愈来愈大,上下坡都需推着自行车。中午时,我提议返回,所谓乘兴而来,兴尽而归嘛。亚涛仍要西行。于是他西我东,他向着十万大山而去,我返回北京城。我回到学校已是半夜,得知那十几个去天津的男生连朝阳都没骑到就折返回来了。只有凌亚涛到达了目的地,我很佩服他。他第三天才从百花山回来。

## R　热情

我们这一代人过多地挥霍了热情,甚至连下一代的热情也挥霍了。

## S　三角地

在农村常有被称为饭场的地方,到饭时,大家都端着碗到这儿吃饭,闲聊,开玩笑。这儿是信息交流的平台,也是娱乐场所。三角地就是北大的"饭场"。

我进入北大上的第一堂政治课就是在三角地。那是1985年秋,一夜之间,这儿到处都是大字报(反对日本首相中曾根参拜靖国神社)。一年后,更大的规模。四年后,简直是大字报的海洋,附近的楼房也被淹没。

天下兴亡,匹夫有责。年轻的学子在此燃烧他们的激情。他们甚至预支了此后二十年的激情。

在我的心目中,未名湖、图书馆、三角地是北大的"三圣地"。

## T  图书馆

博尔赫斯将天堂想象成图书馆的样子。也许这是最高明也最能引起共鸣的想象。

一本打开的书就是一个天堂。

图书馆中有最为丰富的天堂时光,免费提供。附带赠送梦想。

象牙塔中的象牙塔。智者灵魂的居所。幽灵之间的对话。时光的影子。历史的气味。纸张中的声音。文字的光芒。等等。

在书架间徜徉。那么多的书。那么多的人物。那么多的成果。那么多的时光痕迹。那么多的光辉和无奈。那么多的那么多的……

你只能与渺小为伴。或者让雄心暂时为你壮胆。

从玻璃窗照进来宁静的阳光,提醒你窗外的世界,你不能拒绝,也不能逃避。你还要走上大街,走在人群中,成为其中一分子。

## W　我

弗吉尼亚·伍尔夫在1935年的一篇日记中写道:"我发现人的生活中有四个方面都应加以表现……我是我、非我、外在的我和内心的我。"每个人都与"我"朝夕相处,形影不离,可是有几个人了解"我"呢?无论自然科学多么发达,人文科学多么发达,"我"仍然是难以认识之物。每个人都是一个微观的宇宙。一个小小的细胞携带的信息量是惊人的,甚至某位祖先的一声叹息都蕴含其中。20世纪的精神分析流派试图揭示"我"的秘密,其结果只是简化"我"而已。大学尽管不能使你完全看清自我,但会使你看得比以前清楚些。教育就是让你成为你自己。如果不了解自己,又如何成为自己呢?

## X　希望

希望,或祝愿于母校的是:

"五四"精神,薪火相传。学术维新,校园维旧。人才荟萃,大师辈出。求大境界,敢大担当。

## Y 《亚当们》

这是一份短命的文学刊物。创刊于 1985 年秋,总共只出了一期,只印了一本。它的发行范围小得可怜,仅限于 32 楼 421 宿舍。编者、作者和读者是一致的,就是同宿舍中的 6 名新生:王少华、陈朝阳、常新、凌亚涛、杨冰、赵大河。这本杂志是真正的"孤本",不知现在何处。有两篇散文写得很美,其意境至今还贮存在头脑中。其他则记不清了,只记得我写的是连载小说,才刚开个头,因杂志停办,自然是没有下文了。我们原计划要一期接一期出下去的,后来因何停掉,已经想不起来了。

## Z 最

我所感受到的北大之最:

听课最自由。学术最活跃。校园最美。图书最丰富。

# 梦想之地

　　离开燕园多年之后，我做过一个梦，梦到我重新变成高中生，坐回考场，参加高考。我清楚地记得梦中最大的愿望就是考上北大，重回北大读书。而最为担忧的是，高中课本已经放下好几年了，我还能考上北大吗？实在是毫无把握。醒来后，怅然若失，不知今夕何夕，身在何处。

　　我在燕园读书是在 20 世纪 80 年代后期，1985 年—1989 年。那时，张艺谋的《红高粱》引起大家热议；崔健的《一无所有》从校园开始吼起；全国美展因为女画家朝一幅画开枪及其他一些行为艺术几度关门；朦胧诗掀起热潮，每个人都能背几首北岛、顾城的诗；女排五连冠令人振奋……那四年还发生了几件大事，刚入校就碰到"反对日本首相中曾根参拜靖国神社"事件，第一次在三角地学习时事政治，感触良多……假如上帝给我一个特权，我可以在时间的长河中任选四年于北大就读,我想我还会选择这天雷地火般的四年,还愿意激情燃烧,还愿意热血澎湃,还愿意……

那是个火一般的年代,每天都有新的太阳升起,每天都有新的人物驾临,每天都有新思潮拍打着传统观念的堤岸。尼采、叔本华、弗洛伊德、萨特、加缪、博尔赫斯、马尔克斯、卡夫卡、福克纳、贝克特、莫奈、毕加索、凡·高、马蒂斯,等等,他们像一道道闪电,划破长空。我们争相阅读他们(或关于他们)的作品,讨论他们的思想及艺术。学校开了一个"西方现代派思潮系列讲座",地点选在一个可容纳数百人的仿古式大讲堂中,每次都是挤得水泄不通,走道里站满了人,窗台上坐满了人,门口还有成群挤不进去的人久久不愿离开。有一次,从台湾归来的学者要讲柏杨与李敖,开始安排在小教室中,临开讲前主持人看门口人多,估计小教室盛不下,就临时换成了大教室,大家呼啦啦拥向大教室。大教室还盛不下,就换到了大饭厅(当时的电影院),除了五四体育场,这里是最大的地方了,饶是如此,还是人满为患。由此可见当年听讲座之盛况。就是在那次讲座上,我第一次知道了《丑陋的中国人》,知道了酱缸文化,知道了狂人李敖骂蒋介石,并为此坐了很多年的牢。一扇朝向台湾的窗子打开,我得以一瞥台湾的文化思想风景。听讲座出来,穿过月光下的小树林,走回宿舍,头脑中是鼎沸的思想,心也像吸了水的海绵一样充实着。

那时北大天天有讲座,甚至同时有好几场讲座,听讲座成为

181

我们生活中的一项重要内容。讲座因与学分无涉，讲者可自由开阔，纵横驰骋，听者全凭兴趣，来去由己。许多信息、思想、观点正是由此发布的。很可能你某一科听了一学期的课，竟没有听两个小时的讲座收获大。讲座五花八门，时政、文学、科学、艺术、历史、哲学、宗教，等等，无所不包，如烟花绽放，一时绚烂。

我在考入北大之前是一个没见过世面的乡村少年，小时候的生活就是上学、放羊和玩。到了初中之后，课余帮着父亲从山上拉石头卖给机场，那时我的家乡正在修一个战备机场，需要大量的石头。高中就住校了，但三夏大忙时还要回家帮着割麦。高二的暑假——尽管这是高考前的最后一个暑假——我还要每天去给牛割一挑子青草，否则牛就没吃的。晚上则点上小油灯，在成堆的蚊虫中复习功课。上大学前我到过的最远地方离家也不足百里，看过的课外书屈指可数，能有什么见识？从贫困的山村突然到大都市，就像刘姥姥进了大观园，什么都是新鲜的。

我刚到北大，不会说普通话，一口河南方言，难免被人笑话。好在同学来自天南地北，与我相类的不在少数，心中也就释然。由于此前读书不多，到了北大，看到图书馆那么多书，用个通俗的比喻，我如同饥饿的人扑向面包一样扑了过去，如饥似渴地阅读起来。四年大概囫囵吞枣地读了一两千本书吧。当然，北大不仅仅是书多，这里会聚着那么多青年才俊，单单将这些人放在一起，其砥砺碰撞，岂能不火花四溅，异彩纷呈。

一个人来到世上都带着祖先的基因，这是生物学的，一出生就确定了。此外，还有文化的基因，却是后天渐渐形成的。与生物学的基因相比，文化的基因也许更为复杂，出生的环境、乡风民俗、家教、幼学启蒙、师长教育、伙伴影响，等等，共同编织着文化基因的图谱。我的文化基因的最终形成是在北大，北大——我这里想说的是包含在这一名称之下的所有一切——给了我决定性的影响，北大之后我的价值观、审美观、世界观等基本确立。陈平原教授曾为出身北大的一批作者（敝人也忝列其中）的一套丛书冠以"曾经北大"的丛书名称，强调的就是北大"校园生活作为精神纽带，对于走上工作岗位者，依旧起决定性作用"。大学里的学习并不只是为了拿学分和学位，更多的是开阔视野，让人具有大胸怀与大担当。以天下为己任在那时并不是虚言，而是融入血脉里，并付诸行动了。人格的养成远较知识的获得更为重要。


我学的是编辑专业（不知中文系还有没有这个专业），老师要求我们的是"杂"而不是"专"，也就是什么都要懂得一点，做个知道分子，杂家；所以读书驳杂，涉猎广泛。印象深刻的书有卡夫卡的《变形记》、陀思妥耶夫斯基的《罪与罚》、弗洛伊德的《性学三论》和《梦的解析》、弗雷泽的《金枝》、博尔赫斯的《博尔赫斯小说集》、昆德拉的《生命中不能承受之轻》、惠特曼的《草叶集》、聂鲁

183

达的《诗歌总集》以及《二十世纪外国现代派作品选》,等等。记得读了《变形记》后,很长一段时间我在想如果某一天早晨醒来,我变成了一只甲虫或者别的什么虫子,不能与人交流,该会是多么恐怖啊。总的来说,小说对我影响至深,我也开始尝试着写小说,但最初的小说写得稚嫩笨拙,难登大雅之堂,不值一哂。北大中文系流传最广的一个典故,说的是新生入学,老师就告诉他们:北大中文系不培养作家,只培养学者。有志于写作的人在这里得不到技术方面的训练,果不其然,课堂上对作品的分析多是意义层面的,鲜有技术层面的分析,更乏实践。我们知道木匠要做好木工活,是需要学习的;画家要画好画也是需要学习的;但作家似乎都是天上掉下来的,这是错误的认识。作家要写出好作品也一样需要学习,需要技艺的训练,中文系不培养作家,哪里培养呢?我是一点点摸索着写作的,很希望能有二三同道相互切磋,可是同学中写诗写散文的居多,写小说的几乎没有,使我不能如愿。既然如此,我索性把时间都用来读书了,写作的事且待毕业之后再说。

北大所具有的惊人活力,对个性的崇尚,对思想自由的维护,以及对新观念的接纳,等等,都是其魅力所在。能够在此读四年书是幸运的。那时钱理群、洪子诚、曹文轩、孙玉石、黄子平、金开诚等老师的课都颇受欢迎,予人启迪。还有一些德高望重的老教授,虽然我们没机会聆听他们的授课,但通过他们的著述或他们流传下来的故事,仍然感受到他们的学者风范和严谨的治学态度,也受益匪浅。

北大四年你最大的收获是什么呢?回答这样的问题不容易,其实那些能让我们结业的课程放到任何一所大学里,学生们都能拿到学分,顺利毕业。这不算什么。有时候学过的东西还需要忘掉,唯其忘掉,才能与真实相遇,才能重新思考。那么,在北大学习与在别的学校学习,区别是什么呢?要我说,区别就是你呼吸了四年燕园的空气,而非别处的空气。这空气中有传统的气息,有师长的气息,有同学的气息,有未名湖的气息,有博雅塔的气息,还有那几百万图书的气息……

呼吸了四年燕园的空气,也许你就不再轻易相信所谓的权威了,也不再轻易相信书本了,不再轻易相信"大"的东西了,从大人物、大旗、大言到大功,一概不轻信,不轻信也就不盲从。你会相信"小"的东西,小人物、小愿望、小欢乐、小自私,等等。你不会轻易相信一个概念,但你会相信生活中的细节。你不会轻易相信你获得的知识,但你会相信艰苦的思考。你不会轻易相信来世,但你会相信精神的久远。你不会轻易相信奇迹,但你会相信苦难。你不会轻易相信某人头顶的光环,但你会相信劳动者脚下的泥土……一种怀疑精神,也许这就是我最大的收获。

2009 年夏,我们这一届中文系学生搞了一个纪念毕业二十年的聚会,大部分同学与会,济济一堂,很是热闹。当我们回忆校园生活时,我们发现记忆已开始欺骗我们,同样的事情不同的人会有不同的记忆,甚至大相径庭。真不知再过若干年,我们对一些事件的记忆又会发生什么变化。我们并没有故意歪曲或者有选择性地遗忘的事情尚且如此,那些被刻意遮蔽的事件又该如何呢? 我好像听到时光老人发出一声喟叹。前事不忘,后事之师。我们都还是别太健忘的好。

# 西游:真实及想象的经历

## 一

记忆是写在沙滩上的字,时间的潮水会将之抹去,了无痕迹。记忆是一粒种子,在时间的泥土中生根,发芽,茁壮成长。前者已付忘川,后者成为宝贵的财富。

## 二

回首北大岁月,我最大的愿望是:如果能够重来多好。

重回三十年前,一切重新开始,五湖四海的同学再次聚首,再次一起疯一起玩一起指点江山激扬文字……也许只是重复,该犯的错仍然犯,该胡闹仍然胡闹,那些与热血有关的事还会去做。

比如西游……

## 三

时在五月。四月是残酷的季节,五月则是恼人的季节。躁动的热血寻求突破口,渴望冒险,渴望远方。我们干什么?

去灵山,阿旺说。

灵山在哪儿?

西边。

远吗?

远。

于是,我们二人骑上自行车,出校门,风一般,一路向西。

## 四

我们不会迷路,阿旺有地图。

晚上,我们发现我们所处的位置是个荒山的半山腰,既无大路,也无小路。山上黑魆魆的,只有石头和杂草。东方雾霭一般的地方就是北京城,看上去是那么遥远。

我们为什么在这里?

找山洞过夜。

可是没有山洞。

倒是有干涸的水沟,可以背风。我们窝在那里,领教京郊夜晚寒冷的威力。整个冬天我们都没这么冷过。

寒冷也影响时间流动,你会发现时间被冻僵了一般,脚步特别慢。所幸,睡眠降临,赦免了寒冷。梦,是意外的奖赏。

## 五

第二天,太阳升起,向西一望,十万大山,茫茫苍苍。许多年过去了,我仍然记得极目望去的景象。那些山头像鲸鱼的脊背,极为壮观。

我们向一个白须丈人问路。

灵山?他摇摇头,不知道。

路上再无他人。

想必很远吧?他说。

这里,阿旺在地图上指给他看。

我看不懂,他说。

他问我们从哪里来,我们指指身后。

那就往前走,他说。

只有一条道,不是往前,就是往后,灵山不可能在后边。

# 六

道路不是上坡就是下坡,没有一里路是平的。许多时候自行车成为累赘,上坡也得推,下坡也得推。

不远了,阿旺说。

他指的是地图上的直线距离。

山让他兴奋,他来自水乡,没见过这么多山。

我家出门就是山,山是另外一种象征。

路上几乎没有行人,偶尔有拉矿石的大卡车经过,烟尘滚滚。

行行重行行,道路阻且长。当我们去灵山时我们谈论什么,已经完全不记得了,但是望向群山的眼神,满脸汗水和灰尘的表情,以及分食干粮时的动作都记得清清楚楚。

# 七

第三天中午,我们来到一座大山脚下。

这就是灵山,阿旺说。

我们要上去吗?

当然。

自行车怎么办?

藏起来。

我们把自行车藏到树丛里。

灵山很高,山顶云雾缭绕,隐约能看到一抹白色,是雪。

这是一座荒山,没有路。只有野兽踩出的小道。为了防身,我们各拿一根棍子。

山上树木茂盛,走进去就感觉天阴了下来。

我们对着大山呼喊:

喂——有人吗?

山上传来阵阵回声:有人吗?

看来只有我们两个人。


# 八


回程的路好像没那么长,可能是下坡多于上坡的缘故吧。一个很长的坡,我们决定冒险骑下去。路上没汽车,不怕。

我紧握车把,将闸捏到不能再捏的位置,一刻也不放松。自行车像匹狂奔的野马,无法控制。风驰电掣。我快飞起来了。头脑一片空白,牙齿咯咯咯响。唯一能看到的是阿旺在我前边,像一支飞行的箭。

速度已经无法控制,那就控制好方向,不要飞入崖下,或钻进车轮里。

终于到达坡下，我们重回人间。自行车差不多已经报废，不能再骑。手表也颠坏了，里面变成一堆凌乱的小零件。我们只好搭车回学校。

时光荏苒，再回首那一年，对我来说，那次骑行的记忆永难磨灭。

本文为纪念北大中文系八五级毕业30周年而作，

收入八五级纪念文集《相约》

192

第四辑　读与思

# 宿命的写作

写作于我是一种宿命，无可逃避。

父亲的影响是决定性的。在我刚懂事的时候，父亲就开始写作了。夜晚，当一家家吹熄如豆的灯光，当一个个农人将困倦的肉体交付给温暖的床铺，当犬吠声沉寂下去、鼾声和呓语浮升上来的时候，父亲便剪掉灯花，挑亮油灯，将小桌上的杂物收拾到一边，摆上一沓洁白的稿纸，在稿纸的右上方放上插着蘸笔的墨水瓶，然后在小桌前坐下来，开始与种地不同的另一种劳作。在物质极度匮乏、生活极端单调的农村，正是写作使父亲幸福和充实。写作是神圣的。父亲澎湃的激情照亮了无数黯淡的日子。许多年后我才意识到写作是父亲享受自由、战胜苦难、反抗平庸的生活方式；也就是在这时我才理解了父亲，才领会了写作的意义。

在父亲写作长篇小说期间，一个十二三岁的少年尚不知小说为何物竟萌生了写一部长篇小说的念头，并着手制定提纲。这件

195

事的荒唐程度不亚于一个三岁儿童要挑起千斤重担,其不自量力和不知天高地厚就可想而知了。结果自然是计划归于流产。那个"无知者无畏"的少年就是我。由此可见父亲影响之一斑。

随着年龄的增长和对文学认识的加深,我越来越视文学为畏途,非但不敢觊觎长篇小说,而且简直不敢捉笔为文了。大学毕业后,我虽然零星地写了一些中短篇小说,但并没真正投身于文学事业之中;我充其量只是个文学观潮者,身上溅些浪花而已。有一天——或者一段时间——我感到压抑、苦闷、彷徨、无聊,也就是说我体验到了生活平庸的可怕和心灵空虚的痛苦。我对自己说:不! 我不能继续做一个生活的逃避者! 我要像父亲那样直面人生,直面现实,直面苦难,担当应该担当的,反抗必须反抗的,不管道路上有多少荆棘,不管前途是光明还是黑暗,甚至不管自己能力之大小,勇往直前,决不退缩。父亲已经写了二十多年,正如福楼拜所说:"写作是一种生活方式……他不是为生活而写作,而是活着为了写作。"父亲在书写一个时代的精神与心灵,在书写一个时代的痛苦与狂欢,在书写一个时代的麻木与反抗。写作,正是写作赋予父亲生命以崇高的意义,正是写作使父亲得以超越卑微的生活,正是写作使父亲得以战胜苦难。当我面临父亲当年面临而且一直在面临的问题时,我完全理解了父亲,理解了父亲西西弗斯一般的行为,理解了这行为背后的意义。

回到前边的问题:如何克服生活的平庸和心灵的空虚? 父亲

向我昭示了这样一条道路——写作。这正是我所应该选择的道路,我宿命的不容回避的道路,我童年时就因狂妄而偶然瞥到的未来道路。我决心在这条道路上走下去,把自己的时间、精力、勤奋和才华(如果还有那么一点点的话)都用到文学上,让文学抚慰我躁动不安的灵魂,让文学充盈我空虚的心灵,让文学带着我沉重的肉体飞翔。

# 可怕的第六感

　　我花费几个月的时间修改我最重要的一部小说。有时候我像英雄一样大杀四方，砍削不休，在我周围倒下六七万文字的尸体。更多的时候，我像钟表匠一样细心地处理文字，咀嚼每一个词语，斟酌每一个标点，去除多余的"了"和不必要的"的"。终于——我喜欢这个词，它给人以欣快之感——我来到最后一页，来到最后一个标点符号，OK，大功告成。天啊，这种感觉真是难以形容，轻松、愉悦、幸福，可以来杯啤酒庆祝一下。

　　我伸个懒腰，站起来，准备离开椅子去冰箱拿啤酒。这时候，我又瞟一眼稿子，那是我的劳动成果，静静地待在电脑屏幕上，看上去像刚诞生的婴儿，带给人无限的喜悦。再看一眼。噢，这是我写的，我竟然写出了这么引人入胜的书。我应该感到满足。可是——这个词出现的时候要当心了——好像有哪里不对头，我说不上来，只是一种感觉，第六感吧。可怕的第六感！我马上意识到,我把小说改糟了。刹那间,喜悦变成了沮丧。如同坐过山车,刚才在最高处,现在一头扎进深渊。

# 观剧有感

晚上我看了一场话剧,里边有很多笑料,观众总是在笑,我却像个傻瓜一样笑不出来。因为我被一个问题困扰着:我是不是进错了剧院?

我持的是赠票,来看话剧《×××》,我是这个戏的编剧,可我看了半天连一点熟悉的东西也没看到,这让我怎么笑得出来。

我如坐针毡,就差走出剧院了。

还好,幸亏我有耐心,谢天谢地,总算出现了一个人物名叫皮皮,这是我为这个戏的主角起的名字。在我的剧本中,皮皮是一个机械师,一个不计后果的理想主义者。现在舞台上的皮皮只是一个跑龙套的,他是一个病人,到医院看病,医生手到病除,他就下去了。天啊,他多么可怜!

皮皮的出现解决了大问题,证明这就是我写的戏,没错,我没进错剧院。

我可以放心地笑了,于是我大笑起来,笑得众人的目光齐刷刷地往我这儿看。

渐渐地我看出了点眉目,原来台上演的是一个爱情故事,这与我的剧本非常吻合,因为我的剧本讲的正是爱情故事。只是我讲的没这么乱罢了,在我的故事里,男主角对女主角一见钟情,锲而不舍地追求,一路追下去。现在舞台上的一对男女却有些怪,刚才还是男的追女的,女的看不上男的;转眼间又成了女的追男的,男的故作矜持;再过两分钟,又是男的追女的;追来追去的,我一直搞不清楚是怎么回事。他们之间好像没有爱情,追什么呢?第二天看了报纸,我才恍然大悟,原来这里表现的是后现代爱情,没有逻辑可言。

还有一点也与我的剧本非常吻合。我的剧本讲的是穿越时空的爱情,舞台上演的也是穿越时空的爱情。这就够了,尽管情节完全不一样,可有什么关系呢?爱情亘古不变。真正的区别也有那么一点点儿,我的剧本中男女主人公穿越时空乘坐的是时光机器,舞台上的人物穿越时空乘坐的是抽水马桶。不过效果是一样的,他们都来去自如。

最重要的是,我的剧本名叫《×××》,现在台上演的也叫《×××》,多么一致啊。

实事求是地讲,我的剧本经过导演和演员的二度创作,变化还是蛮大的。首先,我写的台词他们一句也没采用,演员说的没

201

有一个字是我写的。其次,主要人物全变了,打个比方,你就能理解变化有多大,好比在我的剧本里主要人物是贾宝玉和林黛玉,到了舞台上就变成孙悟空和猪八戒了。再次,正如前面提到过的,情节全不一样,好比我写的是"赤壁之战",到了舞台上却变成了"三打白骨精"。最后,类型也不太一样,我写的是悲剧,演出来变成了喜剧。凭导演和演员的才能,他们什么做不到,什么都能做到,我毫不怀疑他们能将《罗密欧与朱丽叶》《雷雨》等拍成喜剧。

哈哈——

# 南塘:一个文学地理形象

　　这是一部根性写作之书。作家赵兰振围绕南塘,铺展开一个神奇的乡村世界,缤纷的人和事,都带着本土的魔性和神性,宿命般地上演一幕幕人性与伦理的戏剧。小说篇幅浩瀚,称得上是巨制。与篇幅相称的是,完全打开的乡村世界,草木都欣欣向荣,南塘水波潋滟,出场人物各呈风采,斑斓多姿,共同演奏一部宏大的交响乐。

　　中国现当代小说第一个辉煌时期是"五四"之后,鲁迅、沈从文、老舍等一批作家走上文坛,如高峰般耸立。第二个辉煌时期是 20 世纪 80 年代,文坛新风劲吹,争奇斗艳,一时蔚为壮观,产出了一批好作家、好小说,莫言、刘震云、贾平凹、韩少功、王朔、苏童、余华、格非正是这个时期崭露头角的。之后,写实之风兴起,文学的雄心渐渐消减,一些成名已久的作家自以为功成名就,沾沾自喜,故步自封,再也不愿冒险探索,只是一味地重复自己,讨好读者,其作品或许大卖,但文学上已看不到进步。时间一久,我们对他们不再期待了。那么,中国文学还有希望吗?回答是肯定的。希望不在那些名家身上,而在那些现在还不大有名,但正怀着巨大勇气无畏地进行着严肃探索的纯粹写作者身上。是他们维护着文学的尊严,创作着令人肃然起敬的作品。

有这样一批作家,他们不追求名利,不凑热闹,不炒作自己,默默地思考着、写作着,其作品出来后,虽不能大热,但总是能赢得一些口味很高的读者的喜爱。数量也许不大,但弥足珍贵。

回到《夜长梦多》这部小说上,与其说作者写了许多匪夷所思的人和事,不如说作者塑造了南塘这个形象。村庄外的一方水塘,在作者笔下便是整个的乡村,便是几千年的农耕文明的缩影。作者所处地域不知是否有巫文化,但小说巫气森森,科学无法解释的现象在小说中比比皆是。凡在农村生活过的人都会有这种体验,鬼怪传说不是以故事的形式出现,而是以某人经历的形式出现。那些超验的东西都是生活中不可分割的一部分。读来既熟悉又陌生,却都是可信的。这部小说更适合在夜晚读,读后不管夜长不长,必然梦多。

# 朝圣的孩子

——读黄礼孩诗集《我对命运所知甚少》

　　我要说，黄礼孩的《我对命运所知甚少》是目前我所拥有的最美的一本诗集。纸张、版式、图片、色彩、字体，以及留白和线条，等等，都美不胜收，令人爱不释手。这是就外在的形式而言。下面，我要着重谈谈内容，谈谈这些能够让我反复朗诵的诗歌，在这里我将谨慎地避免使用"最"这个副词，毕竟在我的书架上还有里尔克、惠特曼、佩索阿、聂鲁达、叶芝等人的诗集。

　　当下，关于诗歌的形势有两种截然不同的观点：一种观点认为诗歌衰落了，远离了大众，而且好诗难觅；另一种观点认为诗歌是前所未有的繁荣，其成就超过了"五四"以来的任何时期，并且涌现出了一大批优秀诗人。我倾向于后一种观点。撇开诗坛的喧闹、口号、派系、纷争，等等，不去理会，我们会发现一批真正的诗歌朝圣者，他们沉静、坚持、执着，自觉地将诗歌作为一门艺术来追求，把才智、激情和爱毫无保留地奉献给缪斯女神。这其中就有黄礼孩的身影。而且,他的身影非常醒目。

黄礼孩是热爱生活的,他的诗中没有青春的叛逆和狂躁,也没有与时代的对立和批判,更没有纯粹的炫技和卖弄,有的是宁静、和谐、融洽、亲密、拥抱等,这是其诗歌的特质,这特质决定了他的诗歌都有一个朴素简洁的外表和一个柔软温暖的内核。他的诗歌不承担诗歌之外的东西,只以自身为目的。不要把这简单地理解为单纯的为艺术而艺术,其实"作品的逻辑足以表达道德的要求"(波德莱尔语)。他是谦卑的,在万物面前,他有意将自己置于更低的位置,以便保持对大自然的敬仰。"我一直在生活的低处"(《飞鸟和昆虫》),因为在低处,所以"我知道再小的昆虫/也有高高在上的快乐"(《飞鸟和昆虫》)。黄礼孩是一个能够将自己的心融入最渺小的事物中去的人,故而他"在万物中安然无恙"(博尔赫斯语),他能从事物内部唤醒事物的灵性,他能看到事物中最细微的光。对诗人来说,"白杨树的枝叶/没有一片是多的"。

黄礼孩生于大陆最南端的一个县,他的诗中多次写到大海,但他几乎从未展示过大海暴烈的一面,大海在他笔下是平静的,洒满阳光,开满野花,夜晚群星飞起在上方。他的大海是常态的,但他总能于常态中发现不寻常的美。由此出发,不难理解黄礼孩的美学观。

黄礼孩是一个朝圣的孩子,其实所有的艺术家都是朝圣的孩子。如果没有一颗朝圣的心,就不可能赋予其作品一种神圣的光芒。如果没有一颗孩子的心,就不可能保持对大自然的惊奇,以及对事物的敏感,就不可能写出这样美丽的句子:"对一朵花的期待/是它能够在阳光下跃出。"(《1月7日》)他的诗句像植物或自然界中别的事物一样朴素,却耐人寻味。他的诗能让我反复诵读,而且越读越能感到诗中温润的光辉,越读越感到欣悦,"内心奔走于天地间/散尽生命的阴影"(《鲜活的心灵》)。

最后让我引用黄礼孩《火焰之书》中的几句诗来结束这篇短文,也作为我们对这位诗人更多期待的理由。

明天再柔弱的大海

也会升起太阳

海底的火焰之书

纵容了我的心

动身去朝圣

# 天边外的烟火气息

## ——陈武《天边外》读后感

可以毫不夸张地说，《天边外》我至少读了四遍。最初读这篇小说是十多年前了，那时我在《青年文学》当编辑，《天边外》是约来的稿子。我记得快下班的时候我开始读这篇小说，也许本来只是想读个开头，感受一下，可是一旦开始读，就再也放不下，一口气读完，办公室只剩下我一个人了。有一篇好稿子攥在手里，心里那个踏实，那个熨帖，不亚于饥饿时吃一顿大餐。当编辑的和曾当过编辑的都会有这种体会。不出所料，小说顺利通过终审，然后一校、二校、三校，都是要认认真真逐字细读的。最近，为了写这篇文章，我想再浏览一下，拿起来后，不再是浏览，而是又认真地细读一遍。这么多年过去，这篇小说仍然如此吸引我，我在想，故事我已了然于心，人物命运也无悬念，吸引我的是什么呢？文字。我细细品味，依然那么有味道。陈武的文字如同小溪中被反复冲洗的石子，干净、明亮、光滑，读起来非常舒服。我离开编辑岗位已经十多年了,当时编发的作品不少已经淡忘了,但《天边外》我记得很清楚,那一幕幕电影画面般的场景都留在头脑里。我后来向几位制片人推荐过这个小说,说拍成电影应该很不错,极端环境、绝美风景、性格迥异的人、未知的危险、死亡、友谊、人性、爱、伤感,等等,这些元素融合在一起,完全可以成就一部独特的电影。

说到《天边外》,我顺便讲个小故事。结束编辑生涯多年之后,我和陈武才第一次见面。那次,陈武说:"你知道我对你印象最深的一件事是什么吗?"我说不知道。陈武说是退稿,"那时我在晚报当编辑,有一天,收到一个大包裹,打开一看,天,全是我的稿子,是历次投给《青年文学》没被采用的稿子,你一次性全给我退回来了。"我想起来了,有这么回事。上一任编辑交代我要重点关注一下名叫陈武的这个作者,我就在稿件堆中把陈武的稿子全部找出来,大致看了看,因为太多,就以包裹的形式寄回给作者。我也是写作者,自然也投稿,我理解作者不怕退稿,就怕稿子泥牛入海,再无消息。陈武说:"你还给我手写了一封长信,让我很感动,鼓励我继续投稿,后来——"后来,我开始编发陈武的作品,并经常联系,看他在写什么,时不时地向他约稿,他也很支持我的工作,写出好作品总愿意给我,我们就这样成了朋友。陈武的小说广受欢迎,选刊多次转载,《天边外》也被选刊转载过。有的小说竟然上了当时国内所有的选刊,可见受欢迎程度。陈武说我共发他九个中篇,我不知道这个数字是否确切。总之,我发他小说较多是不争的事实。也许他是我发稿最多的一个作家。

该来说说集子中的小说了。看编后记,大都是去年写的,很集中。我有多年没怎么看到陈武的小说了,这次也是集中看了这么多。我在想,陈武的小说吸引我的是什么? 多年前编发陈武的小说时,其实没想过这个问题。约来一篇,一看,好,那就发。好在哪里? 提稿签上自然是要写一写的,但都是就单篇论。现在集中读了这个集子中的小说,便免不了要琢磨一下陈武小说的魅力所在。读一篇小说,最先感受的是语言。陈武的小说语言好。小说是叙事的艺术,叙事靠的是语言。语言好,小说便成了一半。好的小说,读上一页,甚至一段,甚至一句话,你便知道这个小说的品质。比如喝啤酒,第一口便知道味道。陈武的语言,如前面所说,干净、明亮。陈武的小说多是短句,且多是陈述句,直陈其事,不事修饰,也少渲染,然而有味道,耐品。陈武的小说中,很难找到一个拗口的句子。他写什么,都那么自然。道法自然。自然就好。比如:“我第一眼看到她时,她正用一双惊诧的眼睛看着我。”(《天边外》)。比如:“小段要走了,要离开深圳远去北京了。”(《小段》)比如:写喝茶,“待两只高高的玻璃杯从茶托里移到茶桌上时,色泽果然不错,透,让人怀疑这是不是水,叶子是鲜艳的绿,亲切,晃眼”(《济南行》)。看到这样的文字,我便立即也想来一杯清茶。

陈武擅长写"小"。小人物,小故事,小情调,小趣味,小悲欢,等等。《小段》《小千》《拼车记》《常来常熟》《黑板报》《济南行》,等等,单看篇名,即知作者着眼在"小"字上,一次相亲,一段拼车经历,一段办报史,或一次游历,无不透着"小"。人是常见之人,事是常见之事,经陈武之手写出,便于常见中呈现出不常见的一面,别有意趣,特别亲切。"小"正是文学所珍爱的,小处着手,往往更见出真、美、趣。"小"处,常有独特的细节,如《小千》中写"小花鼠确实讨人喜欢,小千为奖赏它,转头对它说,来,你也整一口。小千喝了一口酒,把酒含在嘴里,下巴搁到肩膀上,过一会儿才咽,伸出还有酒水残留的舌尖,让小花鼠舔了舔。舔了酒的小花鼠,两只前爪立即抱住了尖尖的嘴,还接连打了两个喷嚏"。

陈武的小说充满浓郁的烟火气。陈武的每篇小说都要写到吃吃喝喝这些事,他写这些不厌其烦,细致,耐心,津津有味。由吃吃喝喝这些生活中再平常不过的事,来呈现人物的性情,写人物微妙的心理活动。他写吃喝,写的是生活,而非故事。我很喜欢陈武小说中吃吃喝喝的场景。陈武不追求小说的戏剧性。在他的小说中,戏剧性的东西总是弱化处理。比如《天边外》,他写"我"与名名见面,吃饭,写了好多文字,唯恐不够细腻,唯恐漏掉什么,一个表情,一缕思绪,皆不放过。轮到写名名之死,这是小说中最具有戏剧性的部分,也是小说的重头戏,他却吝惜笔墨,只是简单地说:"名名死了。"然后补充说,"真是太意外了,我们谁

211

都没有想到啊。"接下来,一段文字写如何发现名名死了,"我"去喊名名吃饭,发现"名名躺在自动充气的海绵气垫上,从睡袋中露出一张脸来,我喊她,她没有反应,平静而安详,我再伸手触摸她,就感觉异常了。我大声喊着名名,我一连喊了几声。我的喊声引来了老K和画家。老K愣住了,画家拎着的铝合金饭盒掉到了地上,发出当啷的响声。我不知道事情怎么会突然变成这样。死亡竟如此简单"。接下来,是一段冷静的分析文字,然后,"我们在高坡上掩埋了名名"。完了。《小段》中的故事,其实是很戏剧化的,陆军姚洁这对夫妇要撮合"我"和小段,也是吃饭、探望等琐事,鸡毛蒜皮,表象之下,真实的故事却是残酷的:陆军与小段瞒着所有人私奔了。陈武没去正面写私奔,私奔隐藏在烟火气息的背后。

陈武的小说中多用留白,如中国画,意到为止,并不写满,给读者留下大量的想象空间。陈武小说中,与其说用文字传递重要的信息,不如说用文字掩盖重要的信息。他写出来的是冰山一角,被他掩盖起来的却是冰山藏于水下的部分。《天边外》中掩盖起来的是死亡和悲情。《小段》中掩盖起来的是背叛和不伦之爱。《拼车记》中掩盖起来的是爱情的窘迫和暴力。《木工手艺》掩盖的是犯罪。正是这些被刻意掩盖起来的故事,使小说具有了深度和厚度。看陈武的小说,品文字后的故事,是一种乐趣。陈武的许多小说是开放式结尾,故事如何发展,由读者想象去吧。《济南行》的结尾:"我冷静一会儿,在心里问了问自己,我爱菜菜吗?如果是肯定的声音,我不会轻易放手。可是我心里还没有发出任何声音,手机倒是响了起来。手机的声音抢了我的问题。我拿起手机一看,啊,菜菜的电话。我心里怦怦地跳,赶快接通了电话。"《吴小丽一周的情感波澜》的结尾:"他是谁呢? 吴小丽木然地看着车水马龙的街道——其实她什么都没看到,泪水蒙眬了她的双眼。"

　　陈武擅长写女人。他笔下的女人不管漂亮不漂亮,似乎都妩媚、摇曳、柔软……这是文字给我的感觉。体贴入微,听其言,观其行,揣摩其心思,这是陈武擅长的。"她瘦小,皮肤黝黑,嘴唇特别丰满,特别红润。她背着一个双肩小包,用那样的眼睛(好奇、惊诧、疑虑)一直盯着我。"这是《天边外》中的名名。"在我的印象中,她算不上美人,但耐看,皮肤是小麦色的,嘴略大,牙齿不太白也不太整齐,笑时,右腮上有个深深的酒窝,而左边的酒窝却变了形,成了饺子状,而且是瘪皮的饺子。当然也是生动的、欢乐的。对了,她是一副欢乐的脸型,清澈而灵动的眼睛也很配合她的酒窝,什么时候都是充满了笑意。"这是《济南行》中的菜菜。"多多是老师,平时虽然不是浓妆艳抹,但也都是要精心修饰的,脸部保养、手部护理,一样不差,这回太素了。太素了说明什么?心情不佳呗。心情不佳到什么程度呢? 连包都懒得拿了。"(《一瓶红酒引出的事》)好个"连包都懒得拿了",真是神来之笔,把女人的心情不佳写绝了。

我们读小说，应该像金圣叹读《水浒传》，一壶酒，一碟花生米，读到妙处，一拍大腿，一声叫好，喝一大杯，何等快活。这是我的想象。读陈武的小说，我常有拍大腿叫好喝酒的冲动。小说的妙处还是要读小说来体会，也许最好的书评应该全由引文组成。一段引文放这儿，瞧，写得多好！读者看了欢喜，啊，我不要读书评，我要去读小说。这就对了。

# 且听"获救之舌"倾诉

## ——读卡内蒂的"自传三部曲"

### 一　瞧！这个人

埃利亚斯·卡内蒂（Elias Canetti, 1905—1994）又来了，这次是他的"自传三部曲"《获救之舌》《耳中火炬》和《眼睛游戏》。二十多年前他的小说《迷惘》翻译过来时，在圈内曾引起了小小的"卡内蒂热"。卡内蒂是个有名的怪人，德国文学批评界的"教父"赖希·拉尼茨基在1964年曾和寓居伦敦的卡内蒂有过一段联系，他称卡内蒂是"德国怪僻的人中的怪僻的人"，冷僻孤傲，深居简出，懒得与世人多打交道。卡内蒂给人的印象是不在乎名声，其实这只是表面现象，卡内蒂写这些回忆录为的就是突出他的过去，"为自己制造个人神话"，多争取一些追随者。说实在的，他得逞了。

卡内蒂是一个难以归类的人,首先国籍问题就众说纷纭,这与他一生萍踪不定有关。他生于保加利亚北部的鲁斯丘克(今鲁塞),祖父是居住在西班牙的犹太人,父母以经商为业。七岁丧父,随母迁至维也纳,先后在苏黎世、法兰克福等地求学。1938年,德国法西斯侵占奥地利,卡内蒂流亡法国,辗转至英国,定居伦敦并加入英国国籍,但他一直用德语写作。我国翻译界倾向于把他归属于奥地利或英国德语作家。其次是他的身份和文学成就也难以简单概括。1981年他因"作品具有广阔的视野,丰富的幻想和艺术力量"获得了诺贝尔文学奖,但他的成就并不局限于文学,而是多方面的。他一辈子只写了一部小说,那就是《迷惘》,这本书在法国人编的"理想藏书"中位列德语作品的第二十九位。他的《获救之舌》位列世界从古到今回忆录与自传类的第一名,"理想藏书"称之为"一部不同凡响的精神上的《奥德修纪》,是20世纪的伟大见证之一"。此外,他花了二十年时间撰写了一部政治哲学著作《群众与权力》,这本书在"理想藏书"中位列政治类的第二名,并说"它每一天都看到自己的种种论点被一个疯狂世界的无数不可理解的震荡所证实",在政治哲学界此书早已被奉为经典。他总共写有二十本书,涵盖六七个类别,除了上面提到的,还有戏剧《虚荣的喜剧》(1950)和《婚礼》(1964)、杂记《人的疆域》(1973),等等。

## 二 童年,命运的密码

俗话说"三岁看大,七岁看老",童年生活对一个人一生的影响至关重要,人的命运如果有什么密码的话,与其说它藏在古老的遗传基因中,毋宁说它必定藏在童年的经历之中。要深入了解一个作家,打量一下他童年生活的环境也许是必要的。卡内蒂一生漂泊的命运和他独特的看世界的目光与他的出生地不无关系。他1905年出生于保加利亚北部的鲁斯丘克,这是一个古老的多瑙河港口,他说:"那里生活着来自五湖四海的人,一天就可以听到七八种语言。除保加利亚人外——他们经常来自农村,还有土耳其人,他们有自己的住宅区,与之毗邻的是西班牙被逐的犹太人后裔的住宅区,即我们的住宅区。还有希腊人、阿尔巴尼亚人、亚美尼亚人、吉卜赛人,从多瑙河对岸来的罗马尼亚人,我的乳母就是一个罗马尼亚人。还有个别俄罗斯人。"也就是说,卡内蒂从一出生就接触来自四面八方的人和好几种语言,我们知道每种语言都有其内在的结构和思维方式,语言对人的影响是深远的,又是潜移默化的。卡内蒂的祖父是西班牙人,所以卡内蒂最先听到的儿歌是西班牙语的,他父母彼此之间讲德语,而对孩子和亲戚则讲西班牙语,家中的农村姑娘只会说保加利亚语,别忘了他还有一个罗马尼亚乳母,这样,他童年的语言环境可谓丰富多彩。

他后来的世界作家身份也许在这时就已经注定了。

"我后来经历的一切,都曾在鲁斯丘克发生过。"卡内蒂说,"在鲁斯丘克,其余的世界都被称作欧洲,要是有人乘船在多瑙河上逆流而上,开往维也纳,人家就说他搭船去欧洲,欧洲从那里即从土耳其帝国终结的地方开始。"对欧洲(世界文化中心)来说,这是个边缘地带,在心理上他认为这里是欧洲之外,这决定了他以后看世界的目光是保持着距离的,是冷峻的,是"他者"的目光。卡内蒂虽然只在鲁斯丘克生活了六年,但"那些年代经历的事件,我记忆犹新——六十多年中,我不断从中汲取营养——但绝大多数事件都是同我当时不熟悉的文字连接在一起的"。

卡内蒂父亲去世时,他七岁,他父亲三十一岁。七岁是一个完全记事的年龄,他写到他父亲时用的是暖色调的语言,"我上学几个月之后,发生了一件感人的、激动人心的事情,它支配我此后的全部生活。父亲为我带了一部书回来,领我一人到我们孩子的卧室里,给我讲解这部书。那是一本少儿版的《一千零一夜》"。卡内蒂每读完一部书后,都要跟父亲议论一下书中的内容,有时候父亲还带他去散步,几十年后,他还清晰地记得最后一次散步时父亲与他的交谈。那次父亲非常恳切地问他将来想干什么,他说当个博士,父亲说,"凡是你想干的事,你将来能够干成",又说,"凡是你最喜欢的事,你会成功"。他父亲去世给他们的生活带来了巨大影响。"父亲去世后的几个月里,我睡他的床,让母亲独自一人待着是危险的。我不知道指定我为她的生活的守护人是谁的主意。她老是流泪，我倾听她哭泣，却无法安慰她，她哭得非常伤心。她站起来到窗口去，我一跃而起，站到她身边，我用手臂搂住她，不让她脱开，我们默默无语，此情此景不是用语言所能描绘的。我紧紧地搂住她，要是她从窗口跳出去，势必把我一起拽下去，她没有力气使她跟她同归于尽。"

## 三 被母亲逐出伊甸园

卡内蒂六岁之前是在保加利亚的鲁斯丘克度过的；然后全家迁到英国，在曼彻斯特待了两年多，正是在这儿他失去了父亲；接着是奥地利维也纳的三年，他学会了德语；然后是苏黎世，他在这个美丽的城市度过了幸福的五年——他青春期的前期。卡内蒂由于父亲去世早，他母亲对他的影响是巨大的。他尽管对他母亲的高傲有过指责，但他不得不承认是她为他打开了"精神世界的一切门户"。他母亲"掌握了多种文明民族的语言，这些民族的文学成了她生活的本来内容"，"她的理解力是敏锐、深刻的，她对人的鉴别力是经过世界文学的伟大作品的教育提高的，但也是经过她本人的生活经验培养出来的"。她带着儿子不断迁徙，让我想到中国古代的"孟母三迁"，这当然不是简单的事件的类比，而是其内在的精神是相通的。《获救之舌》的最后一章让我非常吃惊地看到了卡内蒂母亲的教育方式和教育理念。我真想把这一章照搬过来，与读者分享，因为太精彩了，而且对于中国当下的家庭教育也有启迪作用。

1921 年，卡内蒂十六岁，他喜爱读书，爱好绘画，对文学和艺术已有广泛涉猎，崇拜米开朗琪罗。无论如何挑剔，都不能不承认他是一个好学生。卡内蒂也对自己的生活和学习很满意，他称之为天堂生活。正因为如此，他母亲要打破他的生活，不让他过得太轻松，为此不惜摧毁自己经过多年努力在儿子心中建立起来的一切。她毫不留情地改变一切，给儿子以当头棒喝。这年的 5 月她和儿子进行了一次非常严肃的谈话，这与他父亲的那次谈话不同，他父亲鼓励他做自己喜欢做的事，母亲则打击他，让他认识到没有什么东西比死的知识更加可怕。她说："你为什么活在这个世界！马萨乔和米开朗琪罗！你以为这就是世界！……你在这些名人中间徜徉，难道你从未问过自己，你有这种权利吗？你乐于知道他们的荣誉，但你是否问过自己，他们是怎么生活过来的？……你什么也不知道！毫无所知！一切都不是那么回事，这样下去真可怕！"又说，"你根本没有权利鄙视或者佩服什么事情。你必须首先知道真实情况、空间是怎么回事儿，必须亲身去体验，必须四处碰壁，并且证明你有能力进行自卫。"她甚至说他是寄生虫，因为他十六岁了还没有为自己的生活挣过一天的钱，为此她要带他到通货膨胀的德国去，因为那里的情况很糟，她要让他亲眼看看,她要磨炼他。她认为只读书是远远不够的,必须接触现实,"谁要是逃避现实,他就没有理由生活下去"。卡内蒂说他母亲的每一句话都像针扎似的刺痛了他,他感到她对待他不公正,同时也感到他母亲的话是非常正确的。就这样,他母亲将他逐出了伊甸园。

离开苏黎世,对卡内蒂来说,是一次暴力的撕裂,由此产生了两种反应:一是思乡,二是对新的生活环境持批判态度。正是这次迁徙成就了日后的卡内蒂。

## 四　大师之间的龃龉

卡内蒂不仅文学天赋惊人,而且际遇非常奇特。他与卡夫卡、布洛赫、穆齐尔、乔伊斯、布莱希特等文学大师均有交往,他将这些记录在册,并不是为了向这些大师致敬,倒像是故意要将偶像拉下神坛。他善于观察人,能将性格中的细小毛孔放大成骇人的黑洞。他将布莱希特说成是"当铺老板","我对他这个人的厌恶是那样强烈,因此见到他的时候,我没有跟他提半句诗歌。他的目光,尤其是他说的话,每次都令我气愤。不过,我没让他觉察出来"……他说布莱希特总是将电话放在桌上,只有当电话经常响起时才能写作。

他与乔伊斯只有一面之交,而且颇不愉快。1935年,房东为

221

他安排了一场朗诵会,朗诵的是他的剧本《虚荣的喜剧》的一部分,中场休息时他被介绍给乔伊斯,乔伊斯只说了一句话:"我用刀刮胡子,而且从不用照镜子!"就因为这句话,他认为乔伊斯对他极不友好,并耿耿于怀。实际情况是,他用维也纳方言朗诵,而乔伊斯根本听不懂维也纳方言。后来,卡内蒂出书遇到困难,茨威格出于好意,想帮助他,建议他去请乔伊斯写个序,这下惹怒了他,他说他是不会求任何人为他作序的。他说,"即使能办成的话——我认为那是绝对不可能的——只要想到这本书前面有乔伊斯作的序,也无论这个序是怎么写的,我都会感到难以接受"。

卡内蒂与托马斯·曼之间也有一段公案。他完成《迷惘》后,将手稿寄给托马斯·曼,他满心指望这位大师会给予支持,没想到托马斯·曼看都没看,又将那巨大的包裹原封不动地给他寄了回来,只是附了一封客气的信,对力不从心表示道歉。卡内蒂感到深受伤害。几年后,这本书得以出版,卡内蒂找到了"报复"的机会,他给托马斯·曼寄了一本,还写了一封信,委婉地指责大师,大师给他回了一封长信弥补"过失"。后来,他大概是为了炫耀吧,对穆齐尔说他收到托马斯·曼的一封长信! 没想到穆齐尔一听这个名字就拂袖而去,与他决裂了。穆齐尔不能容忍将他与托马斯·曼相提并论,尽管那时他还远没有托马斯·曼有名。

## 五  无以复加的刻薄

卡内蒂到晚年越来越孤僻、傲慢,他跟对方约定,电话要打两次,每次响五下,他才接听;这与他曾嘲讽过的布莱希特的怪癖相比,可谓有过之无不及。他认为海因里希·伯尔不配被他评论;著名诗人霍夫曼斯塔尔百年诞辰时,媒体试探着想请他写点纪念文字,他不但予以拒绝,而且很刻薄地说:"鉴于某人的一百岁生日而要我写点什么的想法,我必须对此感到好笑。"卡内蒂另外还有一本回忆录《闪电战中的聚会》。在这本书中,他将他的不宽容、他的刻薄寡恩发展到了无以复加的地步。他在书中竟然张嘴就骂了帮助自己成名的人——C. V. 维吉沃德,正是此人把《迷惘》翻译成了英文,并且为促成此书的出版殚精竭虑。他贬得最厉害的是 T. S. 艾略特,他嘲讽艾略特在战时伦敦文人的聚会中以老大自居,要大家吟诵他的诗句——这些诗句在卡内蒂听来一直是一堆"失败的痰盂":"一个可怜的家伙……薄嘴唇,冷心肠,未老先衰……被一个慕男狂老婆折磨得半死。"——从长相到私生活损了一个遍。他说罗素的笑声像山羊。连与其有过三年情史的情人艾丽斯·默多克他也不放过,说她"毫无魅力地躺在那儿,一动不动,我只是觉得我进入了她,没感到她有什么反应",还说她走路像一只"让人讨厌的狗熊"。可见他做人一点也不厚道。

223

无论卡内蒂对一些大师有什么样的腹诽,他的三卷自传总的来说,语言朴素优美,充满魅力,正如诺贝尔文学奖授奖词中对其肯定的那样,"使卡内蒂成长起来的独特的环境,他所经历的许多引人注目而动人心弦的遭遇以及他为求广博知识而独一无二的受教育的过程,都在他的自传体作品中别具一格、非常形象地展现在读者面前。我们这个世纪德语自传体文学中像这样的作品为数甚少"。

# 随笔五则

## 一 唐纳德·巴塞尔姆的声音

巴塞尔姆像一道迷人的难题,我饶有兴趣地琢磨着,从不同的角度。每个入口都布满荆棘,荆棘后边则是醒目的花朵,足以使人惊讶得目瞪口呆;惊讶之后再寻找道路则又面临新的荆棘,即使斩除所有荆棘也不一定能找到解开这道难题的钥匙。他的超现实是出人意料的——往往也是突兀的——并置,使语言紧张得夹紧脖子,拱起脊梁,像听到防空警报而挤在防空洞入口处的一群陌生人;他的自相矛盾本能地拒绝任何形式的模仿,也就是说他早已挖好陷阱等待着模仿者。同时他又是启发性的,他的简洁、反讽、不动声色的幽默,佯谬和荒诞,等等,都启示着现在和将来对小说艺术充满探索精神的作家。

巴塞尔姆说:"艺术总是对外在现实的沉思,而不是对外在现实的再现。"好好理解这句话,说不定就是解开巴塞尔姆这道难题恰当的辅助线。

罗素·班克斯在谈巴塞尔姆的小说时说:"现代短篇小说就其最佳状态及其最完美的表达而言,我们所看到的给予其本质规定的不是叙述轮廓,而是予以表达的说话人的真实肉体,即作家的声音。"这使我想到巴塞尔姆在接受记者杰罗姆·克林科维兹采访时回答的第一个问题。

问:"当你即兴创作时,你考虑和弦的变化或者曲调吗?"

答:"都考虑。如果曲调是某个对象的骨架,那么和弦的变化就是它的外衣,它的换装。"

就我的理解,我认为"作家的声音"就是巴塞尔姆创作时所考虑的曲调与和弦的变化,也即我们通常所说的叙述之节奏。小说之高下,不仅取决于思想和形式,很大程度上还取决于叙述的节奏(即曲调与和弦的变化),正是在叙述节奏中潜藏着小说不易觉察的智慧和无法抗拒的魅力。

罗素·班克斯的另一句话——"毫不妥协的抽象与不可避免的、无法缩减的具体二者的奇妙结合,非常适合现代短篇小说。"——值得认真玩味,理解了这句话就等于对现代小说创作理解了一半,创作时就会逐渐由自发走向自觉。道理很简单,但不是每个写作者都能认识到,更不是每个写作者都能贯彻到自己的创作实践中去。

## 二　拉金的教导

英国诗人菲利普·拉金说:"有时候提醒我们自己较简单地看待通常被视为复杂的事物是有用的。就拿写诗来说,它包含三个阶段:首先是当一个人对某个情感意念着了迷,并被纠缠得非得做点什么不可的时候。他要做的是第二个阶段,也即建构一个文字装置,它可以在愿意读它的任何人身上复制这个情感意念,不管任何地点或任何时间。第三个阶段是重现那个情景,也即不同时间和地点的人启动这个装置,自己重新创造诗人写作那首诗时所感受的东西。"拉金又说,"诗歌在本质上是情感的,在操作上是戏剧性的"。在拉金的这些话中完全可以把"诗歌"置换成"小说",甚至置换成小说会更恰当。在小说中拉金所说的"装置"应该是一个讲故事的文本,作者在讲故事中不知不觉地把他对喜悦、悲伤、爱情、忧郁以及人性的黑暗和闪光的独特感受传递给读者。传递得好,读者就被感动;传递得不好,读者就会感到失望。拉金的后一句话道出了文学的本质,也提示了其对技术操作方面的高要求。每个严格意义上的好作品都应该具有独特性。在此,形式的问题不容回避,因为形式与内容是不可分割的整体,不考虑形式的作家是很难想象的。文学的创新(其他门类的艺术也一样)更多地表现在形式上,或者干脆说只表现在形式上。谁也不能说古代人的爱情与现代人的爱情在本质上是不同的,只能说他们表达爱情的方式有别。维·苏·奈保尔说:"文学的形式是必要的:经验必须转化成某种获得认同或可以理解的方式。"成功的作家大概都意识到了这一点,也都在自觉不自觉地如此实践着。

## 三　弗吉尼亚·伍尔夫的发现

弗吉尼亚·伍尔夫在1935年的一篇日记中写道:"我现在到达了我作为作家的更高阶段。我发现人的生活中有四个方面都应加以表现,这导向一种更加丰富多彩的组合和均衡:我是我、非我、外在的我和内心的我。"这是意识流作家在完成了她的重要作品之后,终于意识到她早年的美学观点的局限性和片面性(也正是这局限性和片面性使她对人的精神世界做出了精彩的描绘),即对客观事物在文学中的地位的过分贬低,使支撑小说建筑物的坚硬的东西受到削弱,使这个建筑物看上去不那么宏伟壮观,尽管其内部装饰华丽、结构复杂。

弗吉尼亚·伍尔夫在写下这段文字的时候肯定充满自信("我现在到达了我作为作家的更高阶段"),而且感受到一扇通向更广阔世界的智慧之门在她面前打开了(她使用了"发现"一词),她看到了"更加丰富多彩的组合和均衡",这个组合和均衡来自对"人"的四个方面的发现和表现,即"我是我、非我、外在的我和内心的我"。她揭示了文学这种艺术的真谛,指明了小说的道路,指出了作家的任务。"我、非我、外在的我和内心的我",好好揣摩和理解吧,在这上面是不会白费力气的,回报甚至超出你的希冀。

一个作家对社会、人、艺术的认识程度往往决定着他作品的深度和广度。没有深刻的认识就不可能有深刻的表现。文字的力量来自思想。没有思想的文字,无论情感多么强烈,都不足以震撼人心。是的,不足以震撼人心。

## 四 佩索阿及其异名者

佩索阿是一个奇迹。他取出自己的肋骨创造了阿尔贝托·卡埃罗、里卡多·雷耶斯、阿尔瓦罗·德·坎波斯等诗人,这些诗人和他一样热爱诗歌、写诗。他们各有各的生平、个性、思想和政治美学立场,有趣的是,他们之间有书信往来,互相品评,翻译彼此的作品。佩索阿回忆阿尔贝托·卡埃罗诞生时的情景:

> 那是 1914 年 3 月 8 日,我伏在一个很高的桌子上,拿了一张纸,站在那儿写了起来。我在一种难以描述的迷狂中写出了三十首诗。这是我一生中的凯旋日。再也不会有那样的一天。我从一个标题——《牧羊人》开始,然后就像是某人

的神灵进入了我,我立即给了他一个名字——阿尔贝托·卡埃罗。原谅我用了个这么荒谬的措辞:我的主人已向我显形了。这是刹那间的感觉。

阿尔贝托·卡埃罗诞生得如此突然,他只是一个名词吗?不,他是有根的。他是一个牧羊人,自幼失去双亲,仅受过小学教育,26 岁时死于肺病,著有组诗《牧羊人》等,卡埃罗的诗自然、流畅、不拘形迹。他说:"我不为诗韵发愁。很少会有/两棵并肩的树是均等的/就像花朵拥有色彩,我沉思并写作/但表达自我的技巧远远不够娴熟/因为我缺乏变成万物的/神圣的质朴,徒具外表。"他说,"我的诗歌自然得就像一阵风在升起"。

雷耶斯的诞生其实比卡埃罗要早一些,大约 1912 年佩索阿试图写一些异教之诗,结果失败了,但留下了一个写作这些诗歌的那位诗人的"模糊的肖像",这就是里卡多·雷耶斯,后来佩索阿就说:"我将隐藏的里卡多·雷耶斯从他虚假的异教色彩中拽出来,将他调整到他的自我。"于是这个受过古典主义教育的医生诞生了。他的诗歌简短、宁静,具有神性的光辉。如:

### 变得伟大,变得纯粹

让你的一切变得伟大,变得纯粹,一点也不
夸张,什么都不拒绝。
在万物中安然无恙,你将属于你的一切
注入最渺小的事物中。

就像那　盈满的月亮　照耀着

四面八方,因为她住在天上。

而阿尔瓦罗·坎波斯,一个愤世嫉俗的工程师,他是如何诞生的暂时没找到记载,但我们知道他师承瓦尔特·惠特曼,具有狂放的热情和极端的情绪。他说:"我的心灵是一个打翻的水桶/像乞求精灵的人们乞求精灵一样/我乞求我自己,乞求与虚无相遇。"

佩索阿用异名者很好地解决了人内在的冲突,他自创了一个宇宙,广阔得可以容纳下形形色色的人自由自在地生活和写作。这种方法是富有启示性的,尤其是对于作家。

# 分身博弈的纳博科夫

## ——读《塞·奈特的真实生活》

　　纳博科夫的书我读了许多(《洛丽塔》《说吧,记忆》《黑暗中的笑声》《微暗的火》《普宁》《雅菲尔塔的春天》等),这里不谈尽人皆知的《洛丽塔》,也不谈文本先锋的《微暗的火》,我想说说这本不太知名的《塞·奈特的真实生活》。这是作者用英语创作的第一部小说,此前的作品都是以俄语写就的。让我感到震惊的不是作者第一次使用英语写作就写出了如此丰富、如此漂亮、如此典雅的小说,这固然是了不起,但对一个阅读翻译作品的读者意义不大,从英语或俄语译过来有什么区别呢。让我震惊的是小说的文本:娴熟的技巧、高超的结构手法、推进的力量以及作者分身博弈的功夫。凯尔克郭尔指出写作的根本技巧就是琢磨读者期待什么,然后狠狠地将其捉弄一番。纳博科夫在这部小说中很好实践了凯尔克郭尔的这一理论,称得上典范。

　　其实所有的小说都是博弈的结果,不是叙述者与叙述对象的博弈,而是叙述者与假想中的读者的博弈。故事的发展不是由叙述者决定的,而是由假想中的读者决定的。如果这个假想中的读者足够聪明,叙述者为了在博弈中胜出,就必须更胜一筹。"假想的读者"喜欢说:"我猜到了,你输了。"而叙述者要做的是不让"假想的读者"说出这句话。他们共同遵循的游戏规则是:故事必须合情合理,自然而然。"假想的读者"说:"合情合理,必然会如此发展。"而叙述者却说:"合情合理还会如此发展,你想不到吧。""假想的读者"说:"你弄险,我看你怎么玩下去。"叙述者说:"没有金刚钻,不揽瓷器活。我如此设置,自然能够兜转,走着瞧!""假想的读者"在每条路上放置路障,叙述者必须另辟蹊径,走出一条新路。叙述的障碍是由"假想的读者"设置的,他暗中使绊,试图让叙述者栽倒,可叙述者总能巧妙地避开。如同电影中卓别林一直朝后退,朝后退,后边是一个被偷去了窨井盖的窨井,他已到了边缘,半只脚已悬空,而他自己浑然不觉,观众等着惊呼,嘴已半张开,可是卓别林转了个身,就从窨井旁边走过,他始终没看见那个没盖的窨井。叙述者也是如此,总能巧妙地绕过陷阱。《塞·奈特的真实生活》中"我"去寻找哥哥的最后情人的三章写得非常精彩,太精彩了。这是两个高手的对弈。我们时常看不到作者的深意,突然一个转折,回头再看,刚才读过的段落正熠熠生辉,光彩夺目。让金圣叹来分析,定然会批注许多"妙、妙绝"之类的断语。你看,"我"找到尼娜的家,见到正在下棋的帕尔·

233

帕尔利希·雷希诺。他是尼娜的丈夫,闹了半天,帕尔说:"恐怕你搞错了,你肯定指的是我的第一个妻子。"接着他说,"那可真是个拔尖的女人"。然后谈论一通,这个唠叨鬼对其前妻的概括不管准确与否、客观与否,倒是十分精彩。最后却是前妻下落不明。这条线索在此中断。假想的聪明读者在使坏了。叙述者更聪明,让"我"去找下一个女人——海伦。第一次不遇,见到的是海伦的朋友克劳恩夫人。("假想的读者"说:一个小花招,且看你还有什么花样)。第二次再去,见到的竟然又是克劳恩夫人,出乎意料。("假想的读者"说:真是胆大,看你下边如何处理。)克劳恩夫人向"我"讲述海伦和塞·奈特的故事。然后约"我"到乡下她住的地方,她保证在那儿能找到海伦。接下来这一章(第十七章)十分精彩。"我"来到乡下,先见到的是克劳恩夫人的丈夫,先将他打发掉。与克劳恩夫人的暧昧交流,分寸把握得极好,什么也没发生,接着海伦出现。"我"一直以为海伦是哥哥最后一次恋爱的女子。可克劳恩夫人不让"我"去见海伦,最后"我"突然要离去令人吃惊,接着是一个博尔赫斯式的结尾。原来克劳恩夫人即是哥哥最后的情人。她所讲的海伦与塞·奈特的故事其实是她自己的故事。("假想的读者"瞠目结舌:哇,真是被捉弄啦!)

最后一章,"我"去见临终的哥哥的故事也是一个很好的博弈典型。"我"费尽周折,终于到达医院。"假想的读者"说:我猜着了——很遗憾,哥哥已经死了。可是叙述者说:不,没死。护士将

"我"领到病房里,让"我"在哥哥身边静静地待了一会儿。"假想的读者"松口气,看兄弟俩如何交流,看哥哥临终有什么重要的话要交代。但叙述者突然说:不,哥哥已死。笔锋一转,原来医生和护士弄错了。"我"哥哥已经于昨天去世。小说结束了。

蒙田说"强劲的想象创造实事",纳博科夫正是靠着非凡的文学才华创造了塞·奈特这一人物,和围绕着塞·奈特这颗太阳旋转的那些可信的行星。所有人物,无论主次,都栩栩如生。所有的故事,无论是平常的拜访,还是奇迹般的偶遇或巧合都极其可信。这就是文学,每个词语都散发着迷人的魅力,每个句子都像小草一样自然,每个章节都是一片开满鲜花的原野,整体则是一个真实的、风光旖旎的世界。

# 读书笔记二则

## 一　读《W 或童年回忆》

我在往返杭州的路上读完了乔治·佩雷克的《W 或童年回忆》。

这本薄薄的书使我深感震撼，以至于不写下点什么，就无法释怀。

结构。给我印象最深的首先是结构，自传和虚构交替排列，字体有所区别。自传用宋体，虚构用楷体。书，分前后两大部分，分别标为"第一部分"和"第二部分"。自传部分一分为二。虚构部分则干脆是两个故事，两个不相干的故事。前一个故事带有强烈的悬疑色彩，神秘紧凑。后一个故事则是反乌托邦文本。

全书最吸引我的是"第一部分"中的虚构故事，然而这个故事在高潮时戛然而止，没有下文了。再往下看，是另一个故事。两个故事，除了"火地岛"这个地名，其他毫无关联。

第一个故事的大致情节是这样的："我"服兵役中间逃走了，在一个拒服兵役者组织的保护下，抵达德国，在那里以加斯帕·文克莱之名生活。一天，某人找上门来，对"我"说加斯帕·文克莱实有其人，他是聋哑人，患有佝偻病，更严重的是自闭。他母亲是歌唱家。他母亲带他旅行时出了事故，船沉了，其他人的尸体都找到了，唯有加斯帕·文克莱生不见人，死不见尸。来访者要求我加入搜寻加斯帕·文克莱的行动中。故事就此结束。

当我重新打开这本书，我发现第二个虚构故事与第一个虚构故事并非只有"火地岛"这个地名相关联。全书的开篇说得很清楚，第二个故事是第一个故事中的主人公"我"的见闻。

> 在开始叙述我在 W 的旅行之前我犹豫了很久。现在我终于下定了决心，有一种无法抗拒的必要性推动着我，我确信我亲眼目睹的那些事应该揭示出来，应该重见天日……我的梦中充斥着那些幽灵般的城市，充斥着那些血淋淋的比赛……我是唯一的保管者，唯一存活的记忆，这个世界上唯一的遗迹。正是这一点，胜过了其他任何考虑，使我下定决心动笔。（《W 或童年回忆》，樊艳梅译）

由此可以看出，第一个故事中断的部分，"我"出发了，到了火地岛附近的 W，归来后写下了在 W 的可怕见闻。由此第一个故事降格为第二个故事的导言，即"我要谈谈是什么让我决定了要去旅行"。

W 的故事，这个反乌托邦文本，更多停留在规则的阐述上，像社会学报告，而不像小说。因为看不到个体的人物，看到的只是群体、类别、阶层。与《我们》《一九八四》相比，过于抽象了。尽管有深刻的寓意，但作为一个文本，我实在是喜欢不起来。

现在，来说说自传的部分。书名为《W 或童年回忆》，作者自传部分上来的第一句话却是："我没有童年回忆。"接着，"大约到我十二岁时，我的经历写出来也不过几行：四岁时失去父亲，六岁时失去母亲；战争时期我是在维拉尔——德——朗斯不同的包食宿旅馆度过的。1945 年，我父亲的姐姐和她丈夫收养了我。"

"我没有童年回忆"：我确信无疑地如此肯定，几乎是带着一种挑衅的意味。没有人就这个问题问过我。它也没被写进我的计划里。我无须回答这个问题：另一段历史，那段大历史，举着它巨大的斧头，已经替我回答了这个问题：战争，集中营。(《W 或童年回忆》，樊艳梅译)

没有童年回忆，怎么回忆童年？这是作者写作的困难所在，也是作者写此文本的出发点。作者无意虚构或臆想。作者在遗忘之海中打捞记忆的碎片，然后解读、阐释、呈现。正如作者所说，此文本是"由零散的碎片、缺失、遗忘、怀疑、假设以及贫乏的小故事构成"。

阅读这部分内容时,我总在想念父亲。父亲去世快四年了,我一直想写写父亲,却不知从何写起。日常生活中,父亲善良、开朗、豁达,早年喜欢高谈阔论,晚年喜欢读书。父亲的形象极其清晰。在梦中也是清晰的。佩雷克是缺失记忆,我则是拥有太多的记忆。缺失记忆与太多记忆,都会造成写作的困难。平常的生活如何转化为文字,父亲的人格魅力如何在文字中放射光芒,我没有完全想清楚。其实,父亲并没有去世,他只是把自己藏进了自己的书里,化身为那些飞扬的文字。我所要做的事,是从文字中将父亲唤回来。佩雷克给我以启发。他从缺失处着笔,我可从浩瀚处开始。

　　第八节中,作者将两篇十五年前写的文章拿出来,进行注解。记忆,写下的文字,注解,共同完成对往昔的再现。

　　作者自传部分突出的特点是,反抒情。作者的叙述客观、冷静、节制,不带感情色彩,更不进行渲染,只是呈现,呈现,呈现。耐心地,一点点地,琐碎地,呈现一张照片、一个场景、一段往事。越是不带感情色彩的文字,越是能传递强烈的情感。自传当如是。

　　我对佩雷克感兴趣,始于他的《物》。之后,我买了龚觅著的《佩雷克研究》,系统地了解了这位作家。他敏锐、有趣、多变。他生于 1936 年,死于 1982 年,仅四十六岁,殊为可惜。若假以天年,他定能为我们奉献更为瑰丽灿烂、光辉夺目的作品。

关于佩雷克,《W 或童年回忆》勒口处的介绍文字极为精当,抄录如下:

> 佩雷克是我们文学界的探索家,时而讽刺(《物》),时而出奇地富有系统性(《空间类别》);他是自传新形式的创造者(《暗店》《W 或童年回忆》《我记得》);又是弃世的编年史作家(《沉睡的男子》)。通过玩弄字词,他将语言变成游戏与创造的狂喜之地(《消失》《重现》),或者变成一个朝向诗歌(《字母表》《关闭》)亦朝向哲思(《思考/归来》)的实验室。他曾是潜在文学工场的重要一员。《生活使用说明》包含了上百部小说以及千种阅读幸福与阅读迷茫,是其一切探索的绝妙概括。

龚觅说:"一个登峰造极的例子是,他曾经写过一部名为《消失》的侦探小说。该书的知名度绝非来自情节的惊险曲折,而是由于作者竟成功地让法语中出现频率最高的字母'e'在全书里彻底'消失'。"龚觅指出,"法语中'我''她''不''和'等基本词语以及大部分动词变位中都有字母'e',可想而知,佩雷克完全舍弃该字母的写作尝试确是前无古人之举"。更有意思的是,佩雷克随后又写了一本名为《重现》的小说,久违的字母"e"随处可见,相反,a、i、o、u 等其他元音字母却无影无踪了。

回到《W 或童年回忆》。关于这本书,作者本人如是说:"这本书中包含两个交替出现的文本,似乎可以认为,它们之间没有任何共通点,但它们又错综复杂地彼此相连,仿佛任何一个文本都不能独立存在,仿佛只有从它们彼此的衔接中、从它们远远地投向彼此的光线中,才可揭示某个从未在这个或那个文本中言说而只在它们微弱的交叉处言说的东西。"

## 二 读《沉默》

我很早就买过远藤周作的《深河》,可惜没怎么读就放到书架上了。这次买来《沉默》,却是一口气读完的。

我在书签上写下两句话:"这本书读下去,越来越令人震撼!关于信仰和人性的沉重追问!"

腰封上印有约翰·厄普代克的话:"这部非同凡响的杰作,忧郁、冷峻、深沉、雅致,引起心灵深处的共鸣。"评价准确。

先来看看故事吧。

有一份报告送到罗马教会,说耶稣会传教士费雷拉神甫在日本长崎受到"穴吊"拷刑,宣布弃教。他的弟子无论如何不相信老师会弃教,于是历尽千辛万苦,偷渡到日本。

时在 1638 年,日本是德川幕府时期,禁止天主教传播,对传教士和信徒残酷迫害。这项政策,从丰臣秀吉开始,已实行半个世纪。

上岸后,他们受到信徒保护。有两个信徒不愿意往圣像上吐口水,被处以"穴吊"。也就是将人绑在十字架上,竖在海水中,潮水上涨时,身体的下颌以下全部浸泡在水中;潮水落下去时,身体大部分暴露在空气中,就这样任其慢慢衰竭而死。这个过程常常会持续两三天。

可是,"神和海沉默着,继续沉默着"。司祭,也就是这个偷渡的弟子,摇摇头,"如果神不存在,人就忍受不了海的单调和那可怕的无动于衷"。接着,出现了第一个怀疑的念头,"不过,万一……当然,只是万一……万一没有神的话"……那样,殉教岂不是一出闹剧,而远涉重洋冒死传教则显得滑稽。"我知道最大的罪是对神的绝望,可是,神为何沉默,我不懂。"

后来,由于弃教者的出卖,司祭被抓。他做好了殉教的准备。可是井上这个掌握生杀大权的人却说,今天晚上,你会弃教的。他坚信,他不会。所有诱惑、所有威胁、所有折磨都动摇不了他。他有钢铁般的意志。

这天晚上会发生什么呢?

首先,他听到隔壁传来被处以"穴吊"的信徒的呻吟声。

接着,他的老师、弃教者费雷拉来了。毫无疑问,他老师扮演的是说客的角色。如今,他鄙视他老师,愤怒地喊道:"不要说了,你没有说这话的权利。"

现在,他的处境与他老师当年的处境一模一样。费雷拉说:"在这里,我也曾和你一样被关着。那一夜,比任何一夜都寒冷、黑暗……有五人被穴吊,官差说,只要你弃教,那五个人会马上从洞中解下,松开绳子,敷上药。我回答:那些人为什么不弃教呢?官差笑着告诉我,他们已经说过几次要弃教,但是只要你不弃教,那些百姓就不能得救。"

注意,这里面的逻辑,你的选择将决定别人的生和死。

费雷拉说他弃教的原因是:"听到那呻吟声,神却一点表示都没有。我拼命地祈祷,但是神却没有任何表示。"

现在,司祭体会到的,也是神的沉默。神一直以来都沉默。三个可怜的百姓被穴吊着,当初费雷拉隔壁吊着五个,就这点区别。

司祭说:"那些人将获得永生的喜悦!"

他不打算以弃教为代价拯救他们。这是勇敢还是软弱,他不能确定。

费雷拉毫不客气地指出:"你以为你自己比他们更重要吧?至少认为自己的得救是重要的吧! ……可是,那是爱的行为吗?司祭必须学习为基督而生,如果基督在这里的话,基督一定会为他们而弃教的!"

"你要做的是至今没有人做过的最大的爱德行为……来吧,鼓起勇气来!"

司祭抬起脚,踏到圣像上。

他做的完全与他老师当初所做的一样。他得到了一个"弃教的保罗"的称号。他老师的称号叫"弃教的彼得"。

听听他的心声："我屈服了！不过，主啊！只有你知道我并不是真的弃教！神职人员会问我，为何弃教？是因这穴吊的刑罚可怕吗？是的。是因为不忍心听穴吊的百姓的呻吟声吗？是的。是相信费雷拉所说的，只要自己弃教，这些可怜的百姓马上就可以获救吗？是的。可是，或许只是以爱德行为当借口，把自己的软弱合理化罢了。"

小说塑造的另外一个有意思的角色是吉次郎，因反复弃教，背叛，被人所不齿。司祭自我反省："我和那个吉次郎到底有何不同呢？"

最后的升华，"那个人（指基督）并非沉默着。纵使那个人是沉默着，到今天为止，我的人生本身就在诉说着那个人"。

看完《沉默》，我将《深河》从书架上取下，准备阅读。

作者特嘱亲人，在他死后将《沉默》和《深河》放入他的灵柩内，自己将与这两本书永生相伴。《深河》的勒口上介绍这本书："一群心性各异、信仰不同的人，身负各自的心灵重负，却在面向静静流淌的恒河之水时，同时隐隐感受到圣洁的光辉，寻找到了生命的真谛……"又是一部关于信仰、关于寻找生命真谛的大书，我相信它也一定会带给我非凡的阅读体验。

# 编辑手记

　　我在《青年文学》做过六年编辑。这期间杂志有三年设有新人栏目,其中 2003 年和 2004 年为《新人亮相》,2006 年为《新人展》,力推新人。当然,其他年份也发新人作品,只是没放在新人栏目中而已,有的还放在最显要的位置——头题。新人作品大都是从自然来稿中发现的。自然来稿中不乏优秀之作,时而还会带来惊喜,但披沙拣金不是一件容易的事,需要付出艰巨的劳动。我是杂志社编发新人作品最多的编辑。单说这三年,杂志共发新人作品三十六篇,我编发的占十七篇。2003 年和 2004 年《新人亮相》栏目由三部分组成:小说、创作谈、编辑手记。2006 年《新人展》栏目由两部分组成:小说和评论。评论由责编撰写,其实不是严格意义上的评论,还是编辑手记。此处选录五篇,作为编辑工作的纪念。

# 一　每人都有一个黑匣子

## ——薛舒《砂糖或毒品》编后记

我上下班都坐地铁,突出的感受就是:人多,挤!每个人都是木木的表情,仿佛脸上上着夹板。在这些面孔中你看不到爱恨情仇,看不到悲欢离合,更看不到电影中所表现的浪漫故事的影子,看到的只是平庸。但我清楚每个人都是有故事的,都有一个黑匣子,在这个黑匣子中记录着他的过去,不愿面对的过去。一段可怕的经历,或者一个不可原谅的错误,或者一些羞于启齿的往事,等等。这个黑匣子是不容易打开的,它像一个秘密的痂,不许别人触碰。而一旦打开,那就是……怎么说呢……一篇小说。

薛舒的这篇小说的起点就是地铁通道,在那里,于万千人中,她和他——两个陌生人——邂逅。故事由此展开,如果仅仅是叙述一个浪漫的爱情故事,也会很抒情,也会引人入胜,但极可能落入平庸的窠臼,毕竟这类故事我们不陌生,这类小说也不少见。但作者只是借了这个俗套故事的外壳而已,里面包裹的是令人耳目一新的内容。在《砂糖或毒品》这篇小说中,叙述者给我们打开了两个黑匣子,一个是陈抒鸥的,一个是本杰明的。他们通过"说真话"的游戏逐渐披露自己的秘密,以此来考验彼此的神经,以及刚刚建立起来的并不牢固的关系。每个人都有窥探他人生活的欲望,尤其想知道与自己关系密切的人的秘密。可是,所有的秘密都是双刃剑,知道秘密就意味着必须承担,摆脱秘密是不可能的。这是危险的游戏。叙述者带领我们穿越主人公幽暗的记忆隧道,挖掘埋藏最深的秘密,逐渐逼近真相。这个过程如同把手伸进布袋里面抓住布袋里角将布袋翻转过来,抖一抖,并指给我们看:瞧,全在这里! 有几个人能经得起这样的翻转呢? 两个主人公挖掘出了自己最后的秘密,此时,赤裸相对,毫无遮拦,但他们真的就看清对方、了解对方了吗? 未必,人远比看上去的要复杂得多。

这篇小说的魅力来自匠心独具的结构,借用霍金的时间箭头概念,这篇小说中有三支箭,一支是射向未来的,这支箭划开未知的时间,展示了故事不可预测的发展;另两支箭是射向过去的,穿透记忆的硬壳,射中秘密的靶心。叙述者告诉我们,每个人都背负着过去在行走,他的今天既包含着不可更改的往昔,也包含着即将迎来的明天,此时此刻,每个人的命运就是他本身。

薛舒有一双锐利的眼睛,她能看到简单背后的复杂,能看到人性的幽深处,能看到事物的本质⋯⋯也就是说,她具有成为一个优秀小说家的素质,我们可以完全放心地对她寄予更多的期待。

由于职业的习惯,我读小说总是带着挑剔的目光,因而少了许多阅读的享受。但是,这篇小说不知不觉地将我拉回到一个普通读者的位置，不再挑剔，不再审视，只是阅读、想象、享受，并随着故事的进展体验人物的快乐、痛苦和忧伤，为人物的命运担忧……不得不承认，该小说的语言具有麻醉作用，一经接触，我就失去了自我，脱离现实，进入一个虚构的世界，在那儿呼吸和徜徉。

希望更多的读者喜欢这篇小说。

## 二　并非快意的报复
### ——葛虹《被翅膀划伤的天空》编后记

这个世界上，每天发生得最多的是什么样的故事呢？

答案可能并不固定，因为没有人来做这样的统计，但对于年轻人来说，与爱和性相关的故事大概可以算得上答案之一吧，也许就是标准答案也未可知。爱与被爱，恨与被恨，伤害与被伤害……此类故事每天都在不同地域、不同男女身上演绎着，相伴的是激动、期待、兴奋、尖叫、失望、眼泪、血和死亡。所有情感的萌动都撒下故事的种子，所有开始的故事都不可避免地要滑向一个或美好或伤感或残酷或无奈的结局。若没有这些故事，人生和世界都不免单调乏味，可是有了这些故事，人们就得承受更多，往往不堪重负。

白鸥和一个有家室的男人阿伟相爱，有一天她发现自己怀孕了,与此同时,她发现阿伟再也没有出现,显然他抛弃了她。她打去电话,阿伟说他老婆怀孕了,他要断绝与她的往来。随后,阿伟的朋友出面与白鸥谈判,劝她去医院"做掉",他说这样对两人都好,并愿意就此事给予她经济补偿。虽然没谈拢,但不能不说这是一个比较正常的谈判。问题是这个朋友不该自作聪明,临走时撂下这样一句话,他说:"我相信阿伟是不会找一个小姐的。"这句话是什么意思?是不是警告白鸥,如果她找阿伟要钱,她就要冒着被侮辱成"小姐"的危险?正是这句话刺激了白鸥,她义无反顾地选择了报复。她与朋友一起策划实施了一个周密的报复计划,让负心的男人付出了沉重的代价。

这个小说的另一个重要人物是沙沙,也是小说的叙事者。她有侠肝义胆,爱打抱不平。白鸥并非她的朋友,她也清楚两人不可能成为朋友,她们只是偶尔住到一起的邻居而已,但她对白鸥的事比对自己的事还重视,帮助出谋划策,对那个犯下错误的男人实施了可怕的报复。她是个单纯的人,出于单纯的动机,运用单纯的手段,给予一个懦弱而好色的男人以可怕的一击。她看不到事情的复杂性,也没意识到在计划的实施过程中,伤害者与被伤害者的角色已经转换。

再让我们来看看小说中的第三个重要角色——阿伟,他就是我们身边的人,是大街上最容易见到的人,他有些花心,但对家庭又有责任感,他出轨了,但又想重回轨道。他离开白鸥的时候并不知道白鸥怀孕,在得知白鸥怀孕的情况后,他不知该怎样处理,不敢面对现实,只好求助于朋友,可是事情不但没有得到妥善解决,反而变得越来越糟……对他来说,生活正在验证物理学中的"熵"定律,即事情都是朝坏的方向发展的。如果说,开始他对白鸥所陷入的困境负有不可推卸的责任,他活该被人报复,但后来他被两个女孩算计,形容枯槁狼狈不堪时,我们又对他生出了同情,冷静下来想想,他难道不是一个受害者吗?

报复是一把双刃剑,伤人也自伤。白鸥最后对阿伟发出的那声呼唤,多么复杂啊,也多么响亮啊,它会久久回荡在人性的山谷中。

葛虹写小说虽是个新手,但对人物的把握还是很准确的,对故事的复杂意蕴也进行了有意的挖掘,使独特的故事呈现出独特的面貌。尤其难能可贵的是,她一遍遍地对小说进行修改,直到排版前夕,她还在斟酌词句甚至标点。她对文字有着近乎苛刻的要求。如此下去,我们没有理由不对葛虹的文学创作给予更多的期待。


## 三 曲折地讲述简单的故事
### ——宋晓斌《麝香》编后记


麝香给人的感觉是既现实又神秘,它是一种很名贵的药材,又是神奇的传说。据说它的香气过于馥郁,到了极致,以至于腥臭。一般人很难见到麝香,只能诉诸梦幻和想象,我也不例外。在这篇以《麝香》为题的小说中,作者对麝香的香气和功用有着出色的描写,仿佛神秘的香气在文字的缝隙间缭绕,只要用力一吸,我们就能嗅到那罕见的气味。

在小说中,麝香是一个很重要的媒介,它唤起了主人公老尹关于往事的回忆。那是日本占领时期,一个十二岁的小男孩奉命从县城回家去取麝香,来救治一名病人……小男孩出城,回到家中,从很隐蔽的地方取出麝香,他后妈叮嘱他:不要偷偷打开瓶盖,不要去闻里边的味!他后妈叫米莲,只有十九岁,已有数月身孕,吓唬他说:小孩要是闻了,后果很严重的。于是,我们开始关注小男孩会不会听他后妈的话。小男孩经过池塘时,被一群洗澡的小伙伴围住,从他手中抢去装麝香的瓶子,扔到水里……小男孩惊出一身冷汗,读到这里我也惊出一身冷汗,且往下读,瓶子从水里捞上来,小男孩由于好奇,打开瓶子,嗅到令人窒息的香气,陷入恍惚之中。接着又遇日本兵岗哨的盘查……读者的心再次提了起来,好在这一关也顺利通过了。麝香送到了。接下来,作者借助麝香的威力,将笔像手术刀一样探入主人公的潜意识中,展现一个少年性意识的觉醒,以及他对后妈的性幻想,这一段作者写得美妙绝伦,为后边的残酷情节做了铺垫。接着,几个日本兵闯进家里,对米莲施暴,小男孩咬了一个日本兵一口,日本兵举着匕首朝他走来——

主人公讲的故事到此戛然而止。

这个麝香的故事是主人公老尹在故事发生五十年后讲给叙述者"我"听的。故事在最高潮的地方停了下来,老尹不讲了。他不但不讲了,还出乎意料地去世了。他势必要将故事的最后部分带入棺材。

叙述者给自己制造了一个悬崖,且看他往下怎么进行。

一位哲人说过,写小说就是琢磨读者期待什么,然后狠狠地捉弄他们一番。在这篇小说中,叙述者正是这样做的,他在故事的关键处停下来,用大量的笔墨来叙述主人公的死亡及其后事。然后出人意料——当然也合情合理地——抛出故事的结尾,像高明的魔术师一样在最后时刻完成了最惊人的表演。

在这篇小说中,故事的张力和叙述的技巧固然值得称道,但更让我赞赏的是氤氲在文字背后的那份情怀。这份情怀体现在叙述的语调上,体现在对细节的处理上,体现在对人物的热爱上,也体现在讲故事的出发点上。正是基于这份情怀,叙述者不但叙述了一个精彩的故事,还给我们讲述了一段生活。其实,生活比故事更重要,因为它远比故事丰富得多,而且也更能折射出人性的光辉。

## 四 至少不是"自杀秀"

### ——江少宾《蜘蛛》编后记

曾几何时,媒体上出现了一个新词,叫"自杀秀"。我不知道这个词是谁发明的,但可以肯定的是,绝不是那些拿自杀"作秀"的人发明的。能够把"自杀"与"秀"结合到一起,不但需要丰富的想象力,还需要十足的冷酷心肠,二者缺一不可。这几年时常有走投无路的民工爬到塔吊上以自杀相威胁向老板索要血汗钱,或者拆迁户以自杀相威胁要求解决纠纷,等等,这些人并不是真的想死,他们只是把自杀作为解决问题的最后手段而已,如果媒体关注,采用这一手段对解决问题还是有些效果的。但不可否认的是,这一手段并非百分之百就能奏效,于是一些人为此付出了沉重的代价:生命。对于那些大喊大叫要自杀,却不立即行动,在那里磨磨蹭蹭,吸引眼球和镜头的行为,可以一言以蔽之:自杀秀。有了这个词,公众和媒体都可以心安理得地面对那些爬上塔吊要自杀的人:啊哈,又是"自杀秀"。于是可以冷漠地站那儿"欣赏",而不必着急施救和劝说……

在这篇《蜘蛛》中,黑七死了,他是该死的,他活得那么窝囊,活得那么没有尊严,死亡是相宜的。黑七和马多,他们的工作是给摩天大楼洗玻璃幕墙,这是一个什么样的活儿呢? 人像蜘蛛一样，靠一根绳子从高空悬垂下来，拿一把两斤重的刷子，一下，一下，一下……将玻璃幕墙上的灰尘刷去。他们工作的时候，人是悬空的，上不着天，下不着地。大概没有什么人喜欢这种悬空的感觉。可是他们如果不选择悬空的工作，他们的生活就会被悬空，这是很无奈的。他们老念叨着要回去，回到农村，回到土地上，回到根上。那样他们就能站到坚实的大地上，就不会被悬空了。可是他们迟迟没有回去，并非他们喜欢这种工作和这种生活，而是因为钱。农村虽然有繁盛的庄稼，却没有钱，在那里很难挣到让人有尊严地生活所必需的钱。所以农民纷纷拥入城市，他们修路、架桥、盖房……还有，像黑七和马多这样的洗玻璃工。

小说写黑七和马多工作时突然起风了，他们在空中晃荡，黑七想点支烟，可是风太大，点不着。他们说了一些废话。诅咒风，也诅咒生活。然后黑七看到两只蜘蛛，不知出于什么原因，他要将两只蜘蛛踩死。在此，蜘蛛显然具有象征意义（想想他们的工作吧），黑七踩蜘蛛之后，他就坠落了下去。他是自杀还是意外，我闹不明白，也没必要闹明白。作者没有详细交代，是为了保持事物的模糊性。生活本身就是模糊的。但有一点可以肯定，那就是，黑七的死至少不是"自杀秀"。

## 五 寻找什么，或期待什么

——石盛《你好，张曼玉》编后记

　　一个人即使在最为消极的时候，也在寻找着什么，或期待着什么，这寻找或期待有时是明确的，更多的时候则是模糊的，说不清道不明，那寻找或期待的东西就像远处的微弱的光，它存在着，然而你抓不住。

　　波兰导演基耶斯洛夫斯基说他曾拍过一个纪录片，在其中他提出了两个问题：你是谁？你寻找什么？后来他反躬自问，他发现自己也回答不了这两个问题。他说："我不知道我是谁，也不知道我在寻找什么。"人生的本质就是这种状态吧，焦虑、忧郁、迷茫、寻找、期待……

　　回到我们要谈论的这个作品上吧。主人公是一个剧作者，他的状态就是寻找和期待。他要把自己写的一个黑帮加爱情的故事从纽约搬到巴黎，于是他来到巴黎寻找灵感。他在斗室中枯坐，他在大街上踌躇，可是灵感在哪里呢？一个中年男人的出现，使故事出现了转机，他认定这中年男人会给他提供一些好的建议和细节，于是在偶然邂逅之后，开始寻找这个中年男人……这是一层。这个小说的结构有点像中国套盒，一层套一层。中年男人也在寻找，他是张曼玉迷，他来巴黎是为了寻找张曼玉，为的是见

255

上一面。张曼玉嫁给法国导演,后来离婚了,但仍住在巴黎,所以中年男人在巴黎寻找张曼玉。他的身份是个谜,他的出现和发生在他身上的事件,使故事陡然加速……这是又一层。

小说中将剧作者的剧本故事完整地给了我们,尽管只是梗概。这也是个潜在的寻找故事,男女主人公在寻找童年那份感情,也在寻找当年故事的真相,真相揭开之时,也是故事的高潮和结束之时。

另外,这篇小说还是一个关于写作的小说,叙述者不断地提醒读者,他在写这篇小说,哪里有困难,哪里有疑惑,以及他的思考,他的策略,甚至他的恶作剧,等等。这是后现代小说常采用的一种手法,也称作元小说。大概肇始于纪德的《伪币制造者》吧。这就等于我给了你一个软件,同时又向你开放了元代码。

小说的另一特点是主人公渐渐进入了镜头,他的出现是伴随着音乐的,有镜头移动和切换的痕迹,也就是说,关于他如何完成修改剧本的任务的故事,本身就是一部电影,他也许是另一个剧作者虚构的人物。这使小说产生一种迷人的间离效果。这当然使这个"中国套盒"又多了一层。

作者虽是个新手,但在制作"中国套盒"这样复杂的作品时,却显出了其精巧的一面,一点也不亚于那些训练有素的"工匠"。这篇小说中有不羁的想象力,语言自由活泼,充满自信。小说虽然写的层次多,但是叙述清晰,没有给人故弄玄虚、云遮雾罩之感。

最后，从小说中延伸出来，还有一层寻找，即：编辑在寻找有才华、有潜力的作者和好的作品，而作者呢，当然也在寻找理解、赏识、支持自己的杂志。再延伸开来，读者在寻找喜爱的作品，杂志在寻找它的读者……愿大家在寻找中结缘吧。

# 时间在小说中

写下这样的题目,意味着给自己出了一个难题。时间,或者说小说中的时间,是一个非常复杂的问题,不是一堂课就能探讨清楚的。这里,我只在浅层次上对时间在小说中的作用进行一个梳理。

## 一　何为时间？何为小说中的时间？

博尔赫斯说:时间是一个根本之谜。

圣奥古斯丁说:何为时间？ 若无人问我,我知之;若有人问我,我则愚而无知。

基督教的时间朝向末日审判。

佛教的时间如同环形跑道,周而复始,是轮回的。

庄子的时间:是相对性的——庄周梦蝶。

霍金在《时间简史》中说时间有三种箭头,也就是说有三种时间:一是热力学时间,即物理时间,时间是朝向未来的,用通俗的话说,是在这个时间的方向上,事物只会越来越糟。一件瓷器刚出窑时是完美的,随着时间的流逝,它只会破损、打碎,而不是越来越完美。时间是匀速流动的。二是心理学时间箭头,在这个时间方向上,我们只能回忆过去的事情,而不能回忆未来的事情。三是……宇宙时间,膨胀学说。

意大利作家翁贝托·埃科有一本谈论小说的书《悠游小说林》,在其中他说:在一部小说作品中,时间会以三种不同的形式出现——故事时间、叙事时间和阅读时间。故事时间是故事内容的一部分,指的是故事持续的时间。比如《八十天环游地球》的故事时间就是八十天。《百年孤独》的故事时间大致就是一百年。而《尤利西斯》整个故事就发生在一天里——1904年6月16日,更精确地说,只有十八个小时。成龙电影《神话》的故事时间是两千多年,大秦王朝到现在。小说无论是讲述故事,还是描述一段生活,它表现的都是一个过程。这一过程必须靠时间来体现。表现静止的场景,基本上是绘画和摄影的任务,而非小说的。

叙事时间指的是什么呢?写作时间,还是阅读时间?简单地说,就是篇幅。乔伊斯用了三大卷、百万字的篇幅写布鲁姆一天的生活。皮兰德娄有一个短篇小说,名字就叫《一天》,只有四千余字,写的是一个人的一生。后边我们会再谈谈这个小说的。

阅读时间指的是读一篇小说的时间。在音乐和电影中叙事时间和阅读时间恰好一致。在一个小说文本中,叙事风格和语言以及语法的选择决定着阅读速度,武侠和通俗言情小说一般来说读起来顺畅、方便,阅读速度也快。而另一些给人以"陌生化"感觉的小说阅读起来则比较慢,有时你为了弄清情节,还不得不翻回上页再看一遍。19世纪的小说,你跳过几页基本不会影响你对故事的理解,但一些实验小说,你逐行逐字读一遍,说不定还一头雾水呢,跳过几页可能就完全不知所云啦。

为什么要来谈论时间问题,这个问题在小说中到底有何重要性?

略萨说:"在任何小说中,时间都是一种形式方面的创造。"还说,"任何虚构小说都有它们自己的时间,都有一个专用的时间体系,区别于读者生活的现实时间。"

二　如何处理时间?小说的开头和时间体系的建立

一般来说,你写小说必须选择一个时间点,作为你叙事的起点。比如《安娜·卡列尼娜》的开头:

幸福的家庭都是相似的,不幸的家庭各有各的不幸。

奥布隆斯基家里一切都混乱了。妻子发觉丈夫和他们家从前的法国女家庭教师有暧昧关系,她向丈夫声明她不能和他再在一个屋子里住下去了。这样的状态已经持续了三天,不只是夫妻两个,就是他们全家和仆人都为此感到痛苦……妻子没离开自己的房间一步,丈夫三天不在家了,小孩们像失了管教一样在家里到处乱跑。英国女家庭教师和女管家吵架,给朋友写了信,请替她找一个新的位置。厨师昨天恰好在晚餐时走掉了,厨娘和车夫辞了工。

**卡夫卡的《城堡》是按时间顺序写的:**

K 抵达的时候,天已经很晚了。村子被厚厚的积雪覆盖着。城堡山笼罩在雾霭和夜色中毫无踪影,也没有一丝灯光显示巨大城堡的存在。K 久久站立在由大路通向城堡的木桥上,仰视着似乎虚无缥缈的空间。

**福楼拜《情感教育》的开头:**

1840 年 9 月 15 日晨 6 时左右,停泊在圣贝尔纳码头的蒙特罗城号轮船即将起程,烟囱里冒着滚滚浓烟。

**有相当多的小说是从中间写起的。《特洛伊》的开头:**

歌唱吧,女神,歌唱帕琉斯之子阿喀琉斯的愤怒,这愤怒给阿开亚人带来了无限的苦难。

**选取小说的起始点,取决于作家要关注的内容。通常情况,**

起始点以前的内容是要忽略的,即使要交代,也比较简略。当然,也不尽然。有时只是出于叙述策略的需要,先吸引住读者的眼球再说,读者对你抛出的线头感兴趣,你再回头叙述以前的事也不迟。甚至有人说过,整个故事应该在小说的第一句就加以概括。

> 如果说这个故事有个开头,在那一刻,一个不经意的手势撩开了事件的序幕,就好比一块石头扔进海里,激起细浪向四周无穷无尽地传播,那么这开头就发生于一九六〇年七月炎热的一天,一个叫太阳沟的小山村里,那天,我母亲让蛇咬了一口。

这是加拿大作家尼诺·里奇《圣徒传》的开头。原来小说的引子有七十页,浓缩后,变成了上面这句话。这句话引出了整部小说一连串事件,叙事者那年六岁,他父亲四年前移居美洲,他母亲在与情人幽会时被蛇咬了,她逃过了这一劫,却因怀孕,流言四起……最后,这个倔强的女人携子远走美洲,在船上分娩,生下一个女儿,她却不幸去世。


叙述时态一般情况下有三种:现在完成时(或者一般过去时或过去进行时),现在进行时(随着故事时间向前叙述,也即跟随事物的发展),混杂时态(一种比较复杂的叙述,现代或后现代小说中较常见)。

叙述有许多种类型,如:顺叙、倒叙、插叙、预叙、片段式、拼贴式、杂糅式等。

比如:嘿——张三,我昨天见到李四了,你不会不记得他吧,去年我们一起在汉拿山吃过烤肉,那天他还讲了一个非常有趣的笑话——《超牛的蚂蚁》,你还记得那个笑话吧,说的是……(闪回,插叙)他看上去心不在焉,我必须承认我只是到后来见到王五,才知道为什么。(闪进)他从我身边走过,竟然没看到我……

任何小说都有它们自己的时间,都有一个专用的时间体系,以区别于现实生活中的时间。比如讲故事,总是"从前有一个国王……",或"在很久很久以前……",一看这样的开头,我们就做好了接受奇异事件的准备。

小说《追忆似水年华》开头用了三十页的篇幅写叙述者在床上如何辗转反侧。通过这三十页普鲁斯特建立了自己的时间体系。

## 三 时间的处理与小说家的审美和道德倾向

时间的抻长或压缩。《资治通鉴》的叙事……有话则长,无话则短。同样是一年,有的年份就一两句话;有的年份则占好多页,比如安史之乱,那一年就占了很大篇幅。

细节的放大、关注、夸张。局部的膨胀。省略与跳跃。陀思妥耶夫斯基《穷人》中男主人公杰符施金捡扣子的细节就是例子，扣子滚了又滚，杰符施金追了又追，狼狈不堪，长长的过程，放大了主人公的窘境。

看见即同情，与之相反的是无视。好的小说家能让你看见你平时看不见的东西，能让你在熟视无睹中重新看见。瞧，看哪儿，看这儿！好的小说教会我们怎样观看，怎样看见。看，是个不及物动词；看见，是个及物动词。看，并不等于看见。比如，家，是我们最熟悉的地方，但让你来描写，却不一定能写好，你会忽略很多东西，为什么？因为熟视无睹。如果让你去别人家参观，并写出观感，你可能写得更好，为什么？因为你用心看，看见了更多。

## 四　时间与小说的节奏

音乐也是诉诸时间和想象的艺术，这方面与小说是一致的。所以都强调节奏和旋律。

大众的音乐与大众的小说一样，简单，节奏感强。如迪斯科与通俗小说、肥皂剧。

一般来说，人物和场景描写多、细节堆积多时，小说的节奏就慢；反之，概述性的段落则使小说节奏加快。

快与慢取决于作者的风格,无好坏之分。节奏快的优点是好读,痛快,愉悦;缺点是不容易深入,如同犁地,犁如果插不进土里,或插得很浅,犁就会跑得很快。

节奏慢的优点是容易深入事物的内部,但缺点也很明显,一味地慢往往让人不堪卒读,再者烦琐的描写、无关紧要的细节并不一定就是深入的表现,运用不好则会显得啰唆、唠叨、言不及义。二者协调一致时,小说才摇曳生姿,舒缓有致。

我们来看看皮兰德娄《一天》中小说节奏的变化:

> 小说开头:我一觉醒来,也许一时疏忽,就被抛出火车,落到一个中途站。夜茫茫;我两手空空。
>
> ⋯⋯⋯⋯⋯
>
> 我无限惊奇地发现自己不想再乘火车旅行了。我根本不记得从何处来,往何处去⋯⋯(他没有行李,没有随身携带的物品)

我在这可怕的神思恍惚中怅然若失⋯⋯然后火车开走了,他来到广场,看到人们来来往往,并不注意什么,感到很惊讶,不止一个人向他打招呼,可他并不认识他们。这一切都如同梦境中一样,人突然陷入一个不确定的难以把握的境地。他在自己身上摸索,发现一个皮夹子,皮夹子好像被水浸过,粘在一起,里边有一张褪色的照片,是一位漂亮的姑娘,他认不出她。然后又找到一张大面额的钞票,他饿了,想吃东西,到一家饭店里,人们把他当贵宾接待,他出示大钞票,老板告诉他这钞票已经很久不流通了,让他到对面银行去换新钞票。银行给他很多钱,他拿不动,就又存进银行,换成存折。出来门,有一辆汽车在等他。然后来到一幢古典式的大房子里,发现了照片上的姑娘,她拥抱他。截止到现在,发生的事件虽然奇异,如同梦境,但时间还属于经验范畴。接下来,小说突然加速,作家调整了小说中的时间机器。一夜之后,首先是床上的女人不见了,他以为自己做了噩梦,去照镜子,看到的是一张苍老的面孔。"我,已经老啦? 这么快? 怎么可能呢?"

接着:

我听见有人敲门。我跳下床。有人向我通报我的儿子们来了。

我的儿子们?

我觉得奇怪,我居然生出了儿子来了……

他们进来了,手里牵着小孩,他们生的孩子。他们立刻跑过来扶住我;他们亲切地责备我下了床;他们小心地扶我坐下,以便让我停止喘气。我,喘气?

这时时间已经快得不可思议了——

我坐下,看着他们……看见他们头上几乎难以觉察地冒出来了,生长着,生长着,不少的,不少的白头发。

接下来,时间再次加速——

你们看,你们看那些刚才从门外走进来的儿童:他们走过来了,在向我的安乐椅走近的过程中就变了,长成大人了……我冲动地要站起来,可是我不得不承认我再也站不起来了。我怀着无限怜惜之心,将眼光从刚才还是儿童、现在已经长得相当大的孙子们身上,转向退到这新一代后面的我的老了的儿子们,久久地望着他们。

这个小说让我们对时间的流逝感到恐惧,仿佛看碟片时按着快进键,画面以 20 倍速或 32 倍速闪进,故事很快奔向结尾。


## 五 如何过渡,也就是说如何处理 那些让我们尴尬的时间?


在我们感兴趣的场面与场面之间的时间,那些起连接作用的时间,必不可少的时间。

读书可以跳跃,写作可以吗?

如何既尊重事物的秩序又不受其束缚?

博尔赫斯说:"不要给读者提供他不感兴趣的情节,应该尽量用相当难为情的方式把故事写出来。"

略萨在《潘达雷昂上尉与劳军女郎》等小说中,经常省略掉过渡的部分,而采用暗示的方法或者读者可以理解的其他连接,使其既经济又自然。比如:相同的话题,或者相同的词语等。如:上一句在家里妻子给他做了鱼汤,问他:"你觉得味道怎么样,潘?"下句:"你的口味真好,选中了四位姑娘,"巴西女郎调皮地笑了笑,双目秋波闪闪,唱歌似的说,"各种发色和味道的都有……"上一句的场景是家里,下一句已经换成"服务队"基地了。略萨建立了自己的时间系统,在这个系统中,读者渐渐习惯了这种快速的转换。

其他过渡方法:空行,设小标题,或简单交代,或者一个概述性的段落……当然,也可以直截了当:许多天过去了……


一些后现代小说理论认为碎片是真实的,所以出现了一批以碎片组成的小说。他们不考虑过渡问题,直给。

如苏珊·桑塔格的《中国旅行计划》,如同我们列的出行清单,就这么简单,但已说明一切。


巴塞尔姆的《玻璃山》,共一百句话,每句话都标上序号,这里不需要过渡了。我给大家念念前十句和后十句,你们体会一下:

1. 我竭力想爬上玻璃山。

2. 玻璃山矗立于第十三街和第八十大道的拐角处。

3. 我已到达斜坡上。

4. 人们仰望着我。

5. 我刚来这一地区不久。

6. 但我有不少相识。

7. 我脚上绑着脚扣,双手各抓着一只结实的橡皮吸腕。

8. 我身处两百英尺的高处。

9. 风正猛烈地吹。

10. 我的相识聚集于山下,正给我打气。

…………

91. 惊骇中,该动物带着我腾空飞起,并在城堡上空盘旋。

92. 我勇敢地紧抓着不放。

93. 我看见了闪闪发光的宫殿,在月光的照耀下,宫殿如同一盏昏暗的灯;接着我看见了城堡塔和阳台。

94. 我从窑里拔出一把小刀,割断鹰的双脚。

95. 大鸟哀鸣一声,扶摇而上,我轻轻地落在一处宽阔的阳台上。

96. 就在此时,一扇门打开,我看见遍布鲜花和树木的庭院,当然,还有美丽的被施了魔法的象征物。

97. 我走向拥有多重意义的象征物,但我触碰到它时,它只不过变成了一个美丽的公主。

98. 我将公主头朝下扔给了山下的相识。

99. 他们值得信任,可以将她交由他们处理。

100. 老鹰们太不讲理,一点都不讲理,从来没讲过理。

## 六 意识流,时间的解放

意识流,顾名思义,表现意识的流动。意识是如何流动的呢?在 19 世纪的作家作品中已有表现,托尔斯泰在《安娜·卡列尼娜》中,写到安娜卧轨前的意识,那些非理性的思绪就是意识流。乔伊斯说他是受到法国作家爱德华·迪雅丹的《月桂树已砍尽》的影响,从而采用意识流的手法创作了《尤里西斯》。乔伊斯是当之无愧的意识流大师。与其同时期的弗吉尼亚·伍尔夫是另一位意识流大师。在他们之后,美国也诞生了一位意识流大师。他们如同三座高峰,给人以高山仰止之感。在他们的作品中,意识的流动并非随意的,而是经过精心结构的。我们有一个能记录我们意识的机器,将我们的意识记录下来,绝对是混乱得不能看的。所以意识流作品不意味着写作的随意,而是意味着时间处理的自由。

超现实主义的贡献,他们是如何写作的? 酒吧……《巴黎的盛宴》中记载一群超现实主义者吸食大麻之后自动写作……他们比意识流更前进一步,无意识写作。他们这种无意识写作与行为艺术相近,但似乎并没产生出杰出的作品。

弗吉尼亚·伍尔夫的《墙上的斑点》是一篇标准的意识流小说。看到墙上有一个斑点,那是什么呢? 作者展开联想……最后发现是一只蜗牛。

## 七　时间与小说创新

略萨说："在任何小说中,时间都是一种形式方面的创造。"还说,"任何虚构小说都有它们自己的时间,都有一个专用的时间体系,区别于读者生活的现实时间"。

罗素·班克斯说:"毫不妥协的抽象与不可避免的、无法缩减的具体二者的奇妙结合,非常适合现代短篇小说。"

这涉及现代小说的节奏,现代人的生活已经和前二三百年人们的生活迥然不同,他们的阅读口味也必然会变化。谁能写出适合这个时代和深刻反映这个时代特质的小说谁就是好作家。

一个故事,如果打乱时间顺序重新来讲,可能就是一个新的小说。

文无定法。

（此系在《十月》作家班上的授课提纲。）

# 致谢

陈静老师约我出一本散文集,加入"小说家的散文"系列,我想我有一本散文集已列入出版计划,别的散文够出一本书吗?我翻检一下样刊和电脑,还真找出不少文章。敝帚自珍,归纳起来,便有了这本书。

我原想把发表文章的报刊一一列出致谢,后来发现几乎不可能,这里根据记忆,能列的尽量列出。

《温情的靴子》本是应赵兰振之约,给一本即将创刊的杂志写的稿子,那个杂志没申请到刊号,夭折了。这篇文章便发在《美文》上,被《读者》《视野》转载。

《爱情的三个夜晚》我忘记最初发在哪里了,但清楚地记得《青年文摘》转载过。

《凤凰凤凰》和《你可以飞翔》发表在《美文》上,前一篇虽是作为散文发出来的,但我不能确定它是不是严格意义上的散文。

后一篇是应朋友之约写的,本来要作为一本书中的一篇,那本书最终没出版,便投给了《美文》。

《父与子》中的《站台》《儿子的圣诞树》等篇发表在《美文》上,被《儿童文学》转载。

《镜中映像》发表在《人民日报》上,并收入《人民日报》的散文年度选本。

《李庄的安静》发表在《十月》上。

《在阜平,我看到……》发表在《长城》上。

《有座古寺,名叫慈云》发表在《莽原》上。

《燕园随想》收入北大 110 周年校庆纪念文集《精神的魅力》。

《梦想之地》收入北大中文系建系 100 周年纪念文集。

《西游:真实及想象的经历》收入北大中文系八五级毕业三十周年纪念文集。

《欹器的启示》发表在《散文天地》上。

《且听"获救之舌"倾诉》发表在《青春》上。

《宿命的写作》发表在《当代小说》上。

《天边外的烟火气息》《每人都有一个黑匣子》《曲折地讲述简单的故事》《寻找什么,或期待什么》《并非快意的报复》《至少不是"自杀秀"》等发表在《青年文学》上。

《随笔五则》发表在《躬耕》上。

《时间在小说中》是给《十月》讲课的讲义。

其他短章基本上都发表在《南阳晚报》上。剩下的就是自娱自乐的文章，没有拿出去发表过。

特向发表我文章的报刊和编辑致谢！

特向陈静老师和本书责编王淑贵老师致谢！

.

274

"小说家的散文"丛书

《扔掉名字》　　　　　宗　璞　著
《你可以飞翔》　　　　赵大河　著
（以出版时间先后排序）

**图书在版编目（CIP）数据**

你可以飞翔／赵大河著. --郑州:河南文艺出版社,2023.12
（小说家的散文）
ISBN 978-7-5559-1629-1

Ⅰ.①你… Ⅱ.①赵… Ⅲ.①散文集-中国-当代 Ⅳ.
①I267

中国国家版本馆 CIP 数据核字（2023）第 234399 号

选题策划　陈　静　王淑贵
责任编辑　王淑贵
书籍设计　刘婉君
责任校对　殷现堂

---

出版发行　河南文艺出版社
本社地址　郑州市郑东新区祥盛街 27 号 C 座 5 楼
承印单位　河南瑞之光印刷股份有限公司
经销单位　新华书店
开　　本　787 毫米×1092 毫米　1/32
印　　张　9
字　　数　160 000
版　　次　2023 年 12 月第 1 版
印　　次　2023 年 12 月第 1 次印刷
定　　价　45.00 元

---

版权所有　盗版必究
图书如有印装错误,请寄回印厂调换。
印厂地址　河南省武陟县产业集聚区东区（詹店镇）泰安路
邮政编码　454950　　电话　0371-63956290